オリエント戦記

風野又三郎
Kazeno Matasaburo

文芸社

人は果てしなく希望を持ち続ける。その先に何があるのかさえ分からない時にも。

今、この物語はここに始まる。

西暦二九九九年、核戦争により砂漠化したこの世界はいくつもの種族に分かれていた。そして、各要塞船に乗り込みこの地球を旅していた。その上、争いは各種族の間で絶えることはなかった。

その種族の名前はヤーバンといった。殺伐としたこの世界にあっては比較的温厚で平和主義的な種族だった。物語の主人公はノラといった。ノラはヤーバンの宝であった。それはとある日、この種族の長であるパンがオアシスの水辺で泣いていた赤ん坊を拾って自分の娘のように育て上げ、ノラもまた美しく聡明な女性に育っていった。そして、ノラには不思議な力が宿っていた。その力は小さい頃から際立っていた。ノラが意図する方向へ行くとそこには必ず何かがあり、ノラが忌避する方向には必ず不幸が待っていた。

そんな具合でノラはヤーバンの守り神とみんなから思われて、慕われていた。

ある日、ノラは種族の長パンの息子でありノラの許嫁であるヤンに、ジェットボードでの散歩に誘われた。ノラは行く気にはなれなかった。なぜなら、ヤンのことが好きになれなかったからである。ヤンは猜疑心が強く、高慢ちきで、独占欲が強く、攻撃的な性格の持ち主であった。そして、何よりノラを強く動かしたのは、ヤンの野望であった。ヤンはこの世界の王になりたいと常々口にしていた。小さい頃から「夢は。」と尋ねられると必ず、「この世の王になることだ。」と答えていた。人々は最初は相手にもしなかったが、ヤンが成長するにつれて、その言葉が現実味を帯びてきているものだと確信していた。ヤンは実際、小さい頃からケンカが絶えることなく、種族の長であるパンが衰えてくるとその勢力を振るい始め、今ではどちらが長であるか分からないほどに成長していた。そんなヤンをノラは常日頃快く思っていなかった。

「私、モロイに行きたくないわ。」

「どうして。モロイには何でもあるんだ。きっとノラの喜ぶものもあるはずさ。」

「気分がすぐれないの。」

「気分なんてモロイに行けばすぐに良くなるさ。」

ヤンは強引だった。いつものことだが、人のことなど顧みない性格だった。ノラは仕方なくヤンに付いていった。

モロイには文明があった。人が行き来し、物があふれていた。人の往来や、物だけでなく、世界中の武器を開発したり、売りさばくといった二面性を持ち合わせていた。街中が要塞化し、その中央には城がそびえ立ち、モロイ一国を王様が仕切っていた。軍隊も立派で、世界中を相手に回してもきっとモロイが勝つことを、みんなが信じて疑わなかった。だが、モロイは戦争を放棄していた。憲法にその旨が明示されており、市民や王までもがその憲法に誇りを感じていた。しかし、武器開発はその使命のようにこつこつと続けられていた。そして、世界中の種族がモロイに武器を買い求めにやってきた。

ヤンもそんな中の一人だった。ヤンは常々「自分がモロイの王なら世界を征服する。」と言っていた。実際、モロイには世界を征服するだけの武器があった。モロイ王ならずとも、好戦的な人間なら誰もがヤンの考えに賛成だっただろう。

ノラは憂うつな気分でいた。ヤンが目を輝かせて最新の武器をあさっているからだった。花や緑を愛でる気持ちはヤンにはなかった。頭の中は戦いのことでいつもいっぱいだった。

「ヤン、私咽が渇いたわ。」

「このジェットボードは素晴らしい光沢だ。」

「ヤン、私疲れたから休みたい。」

「このジェットボードは最新式なんだよ。」

こんな具合に二人の会話は歯車が噛み合わなかった。ノラはモロイに来たことを後悔していた。普通の恋人同士の甘い会話を楽しみたかった。だがいつもヤンはこんな調子だった。やっとのことでヤンがノラを解放してくれたのは、日もとっぷりと暮れた頃だった。

夜も更けて、ヤンは明日の攻撃目標を決めるとすぐさま司令長官を呼び出した。


「明日の攻撃目標はサマンサだ。」

「はい、畏まりました。」

「サマンサは平和的な種族だからすぐに降伏してくるだろう。」

「そんなに手はかからないと思います。」

「今にこの世界を征服してやる。」

「ヤン様の器量ならきっとできますとも。」

「よし、ゆっくり休め。」


翌朝、ヤンは早く目が覚めるといの一番にノラの枕元に飛んできた。


「ノラ、お願いだ。今日の攻撃目標はサマンサに決定しているんだが、どうだろうか。大丈夫だろうか。」

「ヤン。今日は東の方向に不吉な予感がするから、南のサマンサなら大丈夫だと思うわ。

あなたの成功を祈っているわ。」

ノラはヤンにとって許嫁である以上に戦争の神様だった。一度ノラの忠告を無視してトラへ攻め入った時、こっぴどく壊滅的攻撃を受けてから、以来一度もノラの予兆を無視する事はなくなった。毎朝必ず、ノラにお伺いを立ててから戦いに出かけるのだった。そして、一度も負けなかった。


「今日の戦績はまあまあだった。」

「はい。サマンサの連中すぐに降伏しましたからね。今日みたいに片がつくといいですね。」

「そうだなあ、これからはもっと強いところとあたる予定だからそうはいかないだろうな。」

「そうですね、早くこの世を征服できるといいですね。」

「うん。さあ、くそじじいに報告してくるか。」

「はい。パン様も首を長くしてお待ちでしょう。」

「いやいや、またお説教さ。せっかく戦いに勝ってもいつもお説教ばかりさ。」

「ヤン様のお陰で随分勢力をヤーバンも広がったのに、お説教ばかりでは困りものですね。

パン様も少しはお控えになっていただかないといけませんね。」

ヤンは一人で考えていた。窓の外には果てしない砂漠が広がっていた。この大地を自分は本当に征服できるのだろうか、そんなことをふと考えることがたびたびあった。果てしないことだと自分でも分かっていたが、考えずにはいられなかった。

パンの部屋に続く廊下には窓は一つもなかった。ヤンは自分の部屋で瞑想に耽りながら煙草を一人くゆらせていた。瞑想もひとだんらくするとヤンは一人座席を立ち上がった。

「パンを殺さなければ自分の望みを叶えられない。」

そう一人つぶやくとおもむろに歩き出し、パンの部屋に向かった。

パンは一人酒を飲んでいた。一日が終わると酒を飲むのが唯一の楽しみだった。今宵はヤンとノラの婚礼について考えていた。そこへヤンが部屋に入って来た。

「父さん。今日の戦績についてご報告します。」

「うん。そんなことはどうでも良い。どうせ勝つに決まっているだろう。そんなことより、ノラとの婚礼だが。」

そこまでパンが言うとヤンが言葉を遮った。

「そんなことでは困ります。ヤーバンの長ともあろう人が婚礼を先にして、今日の戦績を後回しにするようでは先が思いやられます。是非、私の話を聞いてもらわなくては。」

「分かった。分かった。では、おまえの話を聞こう。」

パンはうるさい蠅に閉口するかのように言った。ヤンは続けた。

「今日はサマンサを攻撃して、勝利を収めました。敵はさしたる反撃もせず、素直に降伏しました。明日の攻撃目標はまだ未定です。今夜中には決定する予定です。」

「そんなに戦いばかりやってどうするんだ。少しは、下の者の身になってみろ。」

パンはため息を吐きながらそう言った。そして、グラスの酒を一気に飲み干した。ヤンは身じろぎもせず淡々とした表情で続けた。目にはその輝きをほとばしらせながら。

「戦績は上々です。父さんの思惑以上にうまくいっています。このまま勝ち進めば世界征服も夢ではなくなります。何がご不満なのですか。」

「いつも言っているだろう。戦いは身の破滅だ。必要以上に無闇な殺生は避けるべきだ。世界征服など夢のまた夢だ。」

「ノラがいれば恐いものなしです。私の守り神です。必ず世界征服してみせます。」

二人の意見は噛み合わなかった。いつものことだが、この晩は特にヤンの口調が冷ややかだった。ヤンは毒を入れる機会を狙っていたが、グラスの酒は飲み干され注がれることはなかった。ヤンは今宵の決行は諦め、次の機会を待つことにした。

「分かった。もうその話は良い。」

パンは話の矛先を婚礼の話に切り替えた。

「ノラとの婚礼の話だが、もうそろそろ式を挙げてもいいんじゃないかと思う。」

「私はまだ結婚したくありません。世界征服のめどが立つまでは。」

パンは怪訝そうな顔つきで言った。

「またそれか。もう良い。下がれ。」

ヤンは颯爽とパンの部屋を後にした。

一人残されたパンはグラスに酒を注ぎ、ため息交じりでグラスの酒を一口飲んだ。

「馬鹿なせがれを持ったもんだ。世界征服など夢のまた夢なのに。」

夜の闇に掻き消されそうになりながら、パンのため息が漏れた。


外は果てしなく見渡す限り砂漠が広がっていた。蜃気楼が揺れ、砂が舞い上がっていた。

そして、太陽が容赦なく照りつけ、雲一つなかった。要塞船のエアコンが効き快適な空間を司っていた。ハイテク機器が立ち並び、外の殺伐とした空間とは一線を画していた。人は男女を問わず戦いに明け暮れていた。女でもジェットボードに乗ってジェットガンを携え戦いに出かけた。

ノラもそんな一人だった。だが、戦いに出かけることはヤンが許さなかった。ヤーバンの守り神として要塞船にいつでも残しておいた。ノラはそんな自分が歯がゆかった。

「私もみんなと戦いに出たいわ。」

「駄目だ。ノラにもしものことがあったら、どうするんだ。ヤーバンの破滅だ。」

「私でも何か役に立つと思うの。一人だけ船に残るのは忍びないわ。」

「君は子供たちの面倒を見ていればそれでいいんだ。それ以上のことを考える必要はない。」

高圧的なヤンの態度にビックリしながら、いつもノラは口をつぐまざるを得なかった。ヤンの言葉に説得力はなかったが、ノラはヤンとケンカはしたくなかった。だからいつもヤンの言葉に従った。

南の果てカースの地に一人の戦士がいた。名をライルといった。ライルは快活で正直な青年であった。他の青年と比べて違う点は、若くしてラバルの長であると共に、モロイの前王の隠し子である点だった。モロイの前の国王の隠し子であることはライルには知らされておらず、ライルの側近の極一部の限られた人間しか知る者はいなかった。

「ライル様の存在が知れたら、モロイの国王に殺される。」

それが側近達の合い言葉であった。前の国王はライルの母ベルを溺愛した。その結果、今のモロイ国王や弟は冷や飯を食うどころか、国は傾き命さえも狙われる羽目になった。だから腹違いの弟ライルは憎んでも憎み切れない存在だった。

「世界を旅してみたい。」

それがライルの夢だった。小さい頃からのびのびと開放的に育ったライルは、世界を旅したくてうずうずしていた。だが、ラバルの長に若くしてなってしまった運命から、他の青年たちとは違い自由に世界を飛び回ることなど、戦いに明け暮れる日々のライルにとっては夢のまた夢だった。

カースの地は砂漠と岩場が広がっていた。小さな窪地にラバルの要塞船がいつも陣取っていた。攻撃されるのとするのは大体半々だった。

今日もまた戦いが始まった。今日の敵は流れ者の種族で名前は分からなかったが、手強そうだった。いかつい要塞船を駆使し、ジェットボードの数もいつもと違って多かった。

「今日もまた戦いか。」

ライルの心に何かが渦巻いていた。それは、日に日に大きくライルの心に広がっていった。戦わずしては生き残れず、生き残るために戦う。その命題は二律背反だった。

ライルは早速、サラを呼んだ。

「今日の敵はいつもとちょっと違う。心してかからないと犠牲者が出る。」

「敵の数が多すぎます。」

「うん、分かっている。」

「このまま逃げた方がいいと私は思います。」

「私も同意見だ。」

「なら、早く。」

「いつになったら戦いのない平和な世の中が来るのだろう。」

「今はそのことを議論している時ではありません。早く、逃げないと。」

「分かった。このまま逃げよう。」

ライルは船に後退命令を出した。行く先はモロイだった。

ライルの許嫁のサラは司令室に足を運んだ。扉を開けるとライルが一人物静かに物思いに耽っていた。サラは少しためらったが、思い切って話しかけてみた。

「ライル、どうしたの。具合でも悪いの。」

「サラか。」

ライルは初めてサラに視線を投げかけた。

その瞳は何か疲れ切ったように見えた。いつも自慢の青いブルーの瞳が濡れていた。

「さっきは悪かったわ。少しいらいらしてたみたいなの。」

「分かっているよ。あの場合は仕方なかったのさ。一刻の猶予もままならない時だったから。」

サラはライルの横に腰掛けた。ライルはそっと目を拭いながら続けた。

「どうしてこんなに戦わなくてはいけないのだろう。戦わずして日々を送りたい。」

「私もそう思うわ。でも、自分の種族を守るためには戦わなくてはいけないのよ。別の種族に征服されても、戦いは続くのよ。」

「サラ。君は優秀な戦士だから日々を戦いで過ごしていけるんだ。僕は駄目だ。」

「そんな気弱なこと言わないで。あなたはラバルの長なのよ。」

「ラバルの長か。重荷になるな。一人自由だったらいいのに。」

「私がいるわ。だから、もうそんなことは言わないで。」

「そうだな。僕にはサラという良きパートナーがいるんだ。一人じゃない。」

ライルはサラと口づけを交わすとゆっくり席を立ち、窓の方へと進んだ。窓の外は広大な砂漠が広がっていた。ライルは視線を夕日の向こうにへ向けるとこうつぶやいた。

「戦いのない日は訪れるのだろうか。」

翌日もまた戦いがあった。しかし、ライルは少しの不安を持ちながらもよく戦った。サラというベストパートナーを持っているせいか、立ち直りが早かった。

「今日の敵は必ず倒す。さあ、続け。」

「今日のライルは別人だわ。」

サラも嬉しそうに、ライルの後に続いた。敵はなかなか手強く、前に進ませてもらえなかったが、何とか蹴散らし無事勝利を得た。

「今日の敵は強かったな。」

「でも、今日のライルなら大丈夫だと思っていたわ。」

サラは嬉しそうに、そして素直に喜んだ。ライルは誇らしげに水を一杯飲むと、額の汗を拭った。二人の会話はなおも続いた。

「モロイはもう近い。」

「あと半日も進めばモロイだわ。」

「モロイに着いたら、早速新しい武器を買おう。」

「最新式のやつをね。」

「サラ、宝石も買ってあげるよ。」

「嬉しいわ、ライル。」

モロイは闇の中に包まれていた。冷たい空気と砂ぼこりの中に一人たたずむ人がいた。遠くのどこかで地鳴りがしていた。不穏な空気に包まれながら、闇夜に蠢く人影があった。その名をベロニカと言った。

「今日も名案が浮かばなかった。明日になれば名案が浮かぶのかしら。」

翌日、国王のモロイ四世も思案に耽っていた。国王のモロイ四世には子供がいなかった。次代を担う子供が欲しかったが、妻のベロニカは子供を産まずに享楽に耽っていた。世界中のあらゆる宝石や宝を集め、世の中の快楽を一通り楽しんでいた。挙げ句、国王の弟シーザーとも密通していた。弟のシーザーは学者肌で頭の切れる男だった。野心家で、ずっと独り身を通し、国王夫妻に子供がいないのを良いことに国王の座を狙っていた。国王は妻の趣味に少しの不快感を感じながらも、弟の野心や妻との不貞には気づかずにいた。

「後継者はどうしたら良いものだろう。」

国王の最近の関心事は専らこのことのみに専念していた。子供がいないのが最大の悩みだった。後のことは順風満帆だったのに、子供がいないのが悩みの種だった。

そんな国王を見かねた側近がある時助言した。

「国王陛下、占い師ゾラのところへ行って神託を貰ってきてはいかがでしょうか。」

「ゾラか。」

「最後の手段だと思います。」

「うん。分かった。」

「出来れば、早いほうがいいと思います。周りの者が心配しています。後継者の問題はデリケートですから。」

「明日にでも行ってこよう。」

ベロニカはシーザーと享楽に耽っていた。夫のいない午後の一時を義弟であるシーザーと過ごすのが習わしになっていた。シーザーは時に強く、時に弱くベロニカを愛した。それは、夫である国王モロイ四世よりも快感をベロニカに与えた。

「ねえ、いつになったら私たち堂々と公衆の面前を歩けるようになるのよ。」

「今、思案中だよ。」

「いつになったら良い案が浮かぶのよ。」

「そのうちさ。」

「そうやって話を誤魔化すのね。」

「誤魔化してなんかいないよ。」

「誤魔化しているわ。全然先に進まないじゃないの、話が。」

「そういう君はどうなの。」

「私だって考えているわ。でもだめなのよ。だから、あなたに聞いているんじゃないの。」

「僕か、君がやるしかないじゃないか。」

「それしか手はないの。私は真っ平ご免だわ。自分で国王に手を掛けるなんて。」

「だったら、僕がやるしかないじゃないか。君は少し黙っててくれ。」

「分かったわ。あなたがやってくれるのなら、もう少し時間をあげるわ。」


国王は迷っていた。妻のベロニカを明日ゾラのもとに本当に一緒に連れていって良いものかどうか。ベロニカにとって悪い神託がくだらないかどうかが心配だった。国王にとって、ベロニカと別れるのだけが恐れることだった。それほど、国王はベロニカを愛していた。その夜、二人はベッドを共にした。

「ベロニカ。明日ゾラのところへ行くんだが君はどうする。」

「ゾラのところへ何をしに行くの。」

「私の後継者問題の神託を聞きに行くんだ。」

「どうしてまた急にそんなことを言い出すのですか。」

「ゾラのことは急だが、後継者問題のことは前々から考えていたことだ。」

「もちろん行きます。モロイの将来については私も聞く権利があります。」

「もちろん、君には女王として聞く権利はある。だが君にとって、辛いことになるかもしれんのだよ。僕はどんなことがあっても君と別れる気はないが。」

「あなたと私が別れるですって。そんなことありえないわ。そんな神託聞くことないわ。ふざけている。」

「まあまあ、落ち着いてくれ。万が一の話だよ。君と別れるなんて僕も考えていないし、万が一そんな神託がくだっても本気にする気はないんだ。ただ、何か後継者問題の糸口でも見つかればと思っているだけなんだ。君がそんなに気にすることはないんだよ。」

「分かったわ。でも、明日は私も付いていきます。この国の女王として当然の義務だと思うから。」

「うん。分かった。そうしてくれ。」


モロイから北に進むとゾラのいるトッコの地があった。砂漠の中に裸の山が三つあり、その谷間にゾラのいる神殿があった。いつも煙がたちこめ、辺りは閑散としていた。ゾラの他には人はおらず、ゾラ一人が神殿を支配していた。ゾラはしゃべりたい時にしゃべり、怒りたい時に怒った。朝日と共に起き、星と共に眠った。

ゾラは今日もいつもと変わらぬ神の神託を聞いていた。

「今日、南の地モロイから神の神託を聞きに来る者があるという。はるか昔、モロンの言い伝えの通り、子供が授かるという。不思議な力を持った美女と心豊かな戦士が出会う時、その国は救われる。日出地にその実はあるという。」

ゾラは神の神託を授かるとその場に倒れた。しばらくそのまま時が過ぎた。

「大いなる神の使者ゾラはいるか。」

モロイの使いが大声を神殿の前で張り上げた。ゾラははっと我に返り体を上げた。モロイの一行は物々しい軍隊に守られてやってきた。モロイ四世は妻のベロニカと共に要塞船を下りると、神殿の前にその身を移した。

「大いなる神の使者ゾラはいるか。」

なおもモロイの使いの者の声が続いた。

「大いなる神の使者ゾラはここにいる。」

ゾラが神殿の表に出てきた。ゾラはその萎びた体を怒らせながら、モロイの一行の前に進み出た。すると、モロイ四世が前に出て話を進めた。

「おお、大いなる神の使者ゾラよ。今日は私の悩みを聞いてくれ。はるばるモロイからやってきたのだから。」

「私は神の使い。何なりと話すが良い。」

全員が神殿の中に入った。

「ベロニカ。今日あったことの報告をしてくれ。何があったというのだ。」

「シーザー。やっぱり夫はあなたのことを自分の後継者だとは思っていないわ。」

「それはどういうことだ。」

「今日、ゾラのところへお告げを聞きに行ったの。次の国王のことよ。」

「で、どうだったんだ。」

「ゾラは古文書を持ち出して、モロンの言い伝えの通りになると言ったわ。モロンの実を食べた美女と戦士の子供を、モロイの次の国王にすればモロイは救われると。夫は本気よ。」

「そんなことがあってたまるか。それではモロイの血が絶えてしまうではないか。次の後継者は絶対にこの私以外にはいない。」

「明日にでもおふれを出すそうよ。そして、自分は引退すると言っていたわ。」

「引退は結構だが、そんな子供を私は認めない。」

「早く夫を何とかしないと。」

「分かった。クーデターを今画策している最中だ。決行を早めよう。」

「お願い、そうして頂戴。」

翌日、モロイの国中におふれが出た。国中の人々はこの画期的な新しい国王の決め方に驚いた。もちろん、モロイを行き来する旅人にもこの権利は保障された。そして、瞬く間に世界中の人々に知れ渡った。人々は我も我もとこぞって赤ん坊を国王に献上せんと欲した。しかし、ゾラが赤ん坊の検証役を務め、ことごとく退けた。

「大いなる神の使者ゾラよ。我が赤ん坊はどこにいるのか。」

「焦ってはならぬ。必ず、神の御心に添った若者二人が赤ん坊を連れてくるだろう。」

「時期はいつなのか。」

「まだ分からぬ。日出地の実をまだ誰も食べておらぬ。赤ん坊は実を食べてからじゃ。」

ゾラのもとには日に日に鑑別を待つ赤ん坊が増えた。しかし、肝心の赤ん坊は現れず、時が過ぎていった。

そんなある日、ライルの一団がモロイにやってきた。ライルは要塞船をモロイに止めると、皆にモロイで休むように命令を出した。皆は日々の戦闘を忘れるかのごとく喜び、めいめいに散っていった。残されたライルとサラも要塞船を下り、モロイの街へと繰り出した。

二人が最初に目に付いたのは、やはりおふれだった。最新の武器や宝石を買う以前に、二人の関心事になった。

「サラ、このおふれを読んでごらんよ。」

「私も今読んでいるところよ、ライル。」

「僕達の子供ももしかしてモロイの国王になれるかも知れないんだよ。」

「私達の子供がモロイの国王になるなんて信じられないわ。それに私達まだ結婚もしていないのよ。」

「そう言われてみればそうだったね。」

二人は笑いながら、余所事のように歩き出した。若い二人にとっては、権力よりも買い物の方がすぐに関心事になっていった。


「ヤン。モロイに良いことがあるわ。行ってみましょう。」

「ノラ。君でもモロイに行きたいときがあるんだなあ。」

「すぐに、すぐに行かないと駄目なのよ。」

「まあそんなに焦るなよ。僕もモロイには行かなきゃと思っていたところさ。君も知っているだろう。モロイのおふれのことを。」

「おふれのことは知っているわ。でも、違うことよ。おふれでは決してないわ。」

「じゃあ、何なんだよ。」

「運命の人に巡り会えるのよ。」

「運命の人。」

「そうよ。運命の人よ。」

「どんな運命だっていうのさ。」

「そこまでは分からないわ。でも、私にとって大事な人よ。」

「僕以上にかい。」

「分からないわ。」

「分かった。一度モロイには行ってみたいと思っていたところだから、ちょうど良い機会だ。行ってみよう。」

ヤンは快く思っていなかったが、ヤーバンの地を出発した。自分より大切な人がノラに現れるなんてと、一抹の不安を残しながらの出発だった。そして、モロイに自分とノラの子供の将来を見極めに、前からモロイに行きたいと思っていた。

一方、ノラはどんな運命かも分からずに、出会う人間に心を奪われていた。退屈な毎日に光を射してくれそうな気がしていた。ヤンのお人形さんは真っ平ご免だった。かといって、ヤンが嫌いなわけでもなかったのだが。とにかく、このうっそうとした気分をどうにかしたかった。この気分さえ晴れれば、どこか希望の光が射し込んでくるのではないかと淡い期待を抱いていた。

「ねえ、ヤン。どうして私達いつも一緒なの。」

「そんなの当たり前だろ。僕達は小さな頃からいつも一緒で、この先もずっと一緒なんだよ。何てたって結婚するんだからね。」

「私分からないわ。」

「何が。」

「何もかもよ。どうして私達結婚しなくちゃならないの。どうしていつも一緒なの。」

ノラの悩みは尽きることのない水源のようにいつまでも溢れ出していた。ヤンには止めようもなく涌き出す泉のように思えたが、そんなノラの小さな、そして素朴な悩みにはいちいちと答える暇はないと考えた。ヤンにはノラを妻に娶って、その先には世界の王になる野望がひしひしと日増しに現実味を帯びた世界になっていた。

ノラとヤンの姿がモロイにあった。ヤンは相変わらず武器の収集に懸命であったが、今日はいつもと少し違ってノラの動行に気を使っていた。何故にノラが自分より大切になる人を捜しているのか気になった。ノラにとって自分以上に大切になる人間なんてヤンにとっては想像出来なかった。どうしてそんな人間をノラは捜しているのか。どうして自分より大切になる人間がノラに出来るのか。ヤンの心には不安が渦巻いていた。でも、いつもの自分を見失うのは嫌だった。ノラの前ではいつもの少々威張った、そして世界の王を夢見る自分でいたかった。そんな想いでヤンは一日をノラと共に過ごした。ノラから少しも目を離さず、その周囲に気を配った。

一方、ノラは平常心だった。今の境遇に一抹の気だるさはあった。不安もあった。でも、現実を考えると自分は幸せだとも思っていた。ヤンの武器あさりには正直言って閉口したが、いつものことだと思ってあきらめが出来ていた。それよりも、ヤンにいつもと多少変化があり、ノラの好きに行動させてもらえる範囲がほんのちょっぴりだが今日は違うという気がしていた。実際、気分だけでなく行動にも現れていて、良い気分転換になったような気がした。街中の雑踏も、店先に溢れ出ている花や果物、そして何よりも光るジュエリーに心を晴れやかにしていた。

ノラにとっては、今日会える人、今日起きた出来事などどうでも良い気分になっていた。どうしてなのだろうか。自分でも分からない。ノラはとても気分良く、モロイでの休日を過ごした。見る物、会う人、口にする全て、そして、ヤンまでもが新鮮に映った。こんな日があるものなのだと、禁断の果実を食べてしまったような気分であった。しかし、これはノラのこれから始まる戦いの序章、プロローグに過ぎない言わば、嵐の前の静けさであった。

ヤンは一日が何事もなく過ぎ、ノラがいつもよりも爽快に振る舞っているのを見て、安心した。これで野望の一翼を担う巫女《みこ》に自分の手許からするりと逃げられずにすんだ、という思いにかられた。とても愛おしく、狂おしい絶対的な存在のノラを手中に収めたと思った。誰にも勝利の女神を渡すものか。自分の守り神はノラだ、と精神的に自分を追い詰め、御酒と偽り酒にその血を滴たらせ、一気に飲み干すと、これが世界の王になる前祝いとうそぶいてその夜は床についた。


ライルとサラはモロイを後にした。しばらくはモロイに滞在するつもりだった。でも、国王のおふれを見て自分達の子供が、もしかしたらモロイの国王になれるのではないかと遊び心から、結婚を早めて南の平和な地、ロンプーにハネムーンがてら行こうと決めた。

「ねえ、ライル。私達の子供がモロイの国王になったら素敵ね。もう戦いなんかしなくて良いのよ。」

「そうだね。でも、まさかと思うけどね。」

「そうね。でも早く子供が欲しいわ。」

「僕も子供は好きだ。」

「南の地ロンプーの伝説に、セレンの実を食べた戦士は進化を遂げ、平和が訪れるというのがあるわ。」

「知ってるよ。昔話だろ。」

「私達の子供が立派な戦士となり、平和が訪れるようになるには絶対の場所よね。」

「その伝説には、死人が必要なんだよ。ちょっと不吉な物語だと思うけど。」

「そんなことないわよ。死人は蘇るのよ。蘇生して平和が訪れるのよ。」

「そうだったっけ。昔聞かされただけだから、結末はよく覚えていないよ。」

二人の弾んだ会話が、その旅への思いを表していた。二人の前途は明るいものに思えた。

しかし、現実にはいつ敵に襲われるか分からない状態の危険な旅だった。

そして、旅の行く手には出会いが付き物だ。ラバルの一行はその行く手に小さな旅行者を見つけた。

「助けて。誰か助けて。」

「ライル。行く手に小さな少年が何か叫んでいるわ。」

「うん。止まってみるか。」

ラバルの要塞船はスピードを緩めて、その小さな旅人に気を留めた。サラが真っ先に降りて、その旅人に話しかけた。

「どうしたというの。一体何があったというのか話してみて。」

「父さんがケガをしたんだ。母さんはその面倒を看ている。誰か助けを呼んでこいと言われたので、僕が来たという訳さ。」

「お前たちは単独で行動しているのか。」

「うん。そうだよ。父さんと母さんはキジの戦士だったんだけど、キジがラバルにやられてから親子三人で旅をしているんだ。」

「そう、ラバルにやられたの。」

「そうだよ。ラバルだよ。キジはラバルにやられたんだ。」

「なぜ降伏しなかったのラバルに。そうすれば助かったのに。」

「ラバルは敵だし、父さんと母さんは誇り高いんだ。絶対降伏なんかしないんだ。」

「そう。分かったわ。ここで待ってて頂戴。」

サラはそう言い残すとラバルの要塞船に消えた。残された少年は何も知らず、立ち尽くしていた。これからどうなるかその運命も分からずに。

「ライル。ちょっと困ったことが起きたわ。」

「一体どうしたというんだ、サラ。たかが子供一人に。」

「たかが子供一人だけど、あの子供の親はこの前倒したキジの戦士の生き残りらしいわ。」

「だったら降伏させて戦士としてラバルで働いてもらえば良いだろう。」

「ところが、あの子供が言うには誇り高き戦士で絶対に降伏はしない、と言っているらしいの。降伏したくないから、親子三人で流浪の旅をしているらしいの。」

「ふうん。でもまたどうして子供がラバルにのこのこ近寄ってきたのだ。」

「ラバルとは全然分かっていないわ。父親がケガをして母親がその看病をしているらしいわ。そして、あの子が助けを呼びにやらされたらしいのよ。すっぱり処分した方がいいわ。」

「まだ子供だし、両親だって話せば分かるはずだよ。」

「抵抗されたらまずいわ。」

「ケガしているんだろう。ケガの手当てをラバルでしたら気が変わるさ。」

「ライル。あの子が言うには両親は誇り高き戦士なのよ。そう簡単には降伏しないわ。ここで変な抵抗されるより、素通りするか処分した方が良いわ。」

「そんな旅の親子を処分するのは朝飯前だが、それではラバルの面目が潰れる。話し合って助けた方が良いと思う。」

「だめよ。面倒なことになるわ。」

「大丈夫だよ。僕が行ってくる。」

ライルはサラの制止もきかずに小さな旅人と一緒に、キジの戦士達の下へ向かってしまった。サラは複雑な心境でいたが、やはりライルが心配で部下を引き連れ、急いでライル達の後を追った。

「ケガは大丈夫ですか。」

「おお、やっと助けが来たか。」

「どうなされたのです。」

「ジェットボードのバランスを崩しまして、足をくじいてしまったのです。」

「そうでしたか。なら、私共の船でケガの手当てをして一緒に旅しましょう。戦士と伺いましたが、私達はあなた達を歓迎します。」

「どうもありがとうございます。さぞかし名のある種族の方なのですね。」

「そういうわけではありませんが。」

「どこの種族なのですか。」

「ラバルです。お気を悪くしないで下さい。確かにキジを負かしましたが、降伏した方々も多数ラバルにはいます。あなた達もラバルで一緒に暮らしましょう。」

「何だと。ふざけるな。私達は戦士だ。降伏などしてたまるか。降伏する位なら死んだ方がましだ。」

少年の両親は怒り出し、剣を抜いた。丸腰のライルは驚き、悲鳴を上げた。そして、その悲鳴を聞いたサラの一行は、すぐさまライルの下に駆け寄り少年とその両親を殺した。一番驚いたのは何を隠そうライルであった。ライルは命の危険を感じはしたが、何も親子三人共殺さなくともと思った。何か良い手だてがあったのではないかと思ったが、サラの決断で事が済んだのだと周りの者達から言われ、何も言えなくなった。自分の甘さを反省すべきか、サラの非情さを憎むべきかを考えたライルは、一人サラを非難した。自分の甘さよりも、サラの非情さの方が大きい気がした。何せ、三人の親子の命が意味もなく失われたのだから。

ヤンの目覚めは快調だった。気分は爽快で食事も上手かった。何故にこの世に自分の意のままにならないものがあるのだろう。この世は全て自分の思いのままだ、という気持ちだった。


「ノラ、教えてくれ。今日はどこへ行けば良いのだ。どこへ行ったら、世界の王に近づけるのだ。」

「今日は南を目指せば良いことがあるわ。」

「南。南か。」

「南を目指している種族に出会い、大勝利を収めるはずよ。」

「何、本当か。」

「そして、その他にもきっと良いことがあるはずだわ。」

「何、何なんだ。その勝利以外にある良いこととは。」

「私にも分からないわ。でも、きっとあるはずよ。」

「分かった。今日の進路方向は南を目指して、南下する。良いな、分かったな。」

ノラは頷いた。ノラのお告げが一段落すると、ヤンは司令長官のような口調になるのがいつもの常だった。ノラにとってはノラの言いなりになっているのが屈辱的だったし、ノラにとってはそんな気などさらさらなかった。相容れない二人だった。ノラにお告げの能力がなければ似合いの二人だったが、その予知能力のために二人の関係はギクシャクとしていた。

そして、この予言能力以外にも二人を取り巻く人間関係がノラとヤンを包み込み始めていた。


「ラウル。今日は天気が抜群に良いわ。空は雲一つなく快晴よ。」

「サラ、朝から大きな声を出すなよ。皆がびっくりするだろう。」

「ごめんなさい。でも、何か今日は良いことがありそうで。」

「気分が良いのは分かっている。ロンプーに行くからだろう。」

「やっぱり、分かっちゃったかしら。」

「分かるよ。僕も正直言ってとても楽しみだからね。今日にも出発して、南の地ロンプーを目指そう。」

「ロンプーではゆっくり楽しみたいわ。」

「そうだね。あそこは平和だから、少し長く滞在して、皆を休ませてあげよう。もちろん僕たち二人もね。」

「変な敵にぶつからないといいんだけど。」

「サラ、君にしては随分と弱気な発言だね。僕は戦うことなしにロンプーに着けると思っているよ。」

「相変わらず、楽天的な将軍様ね。」

二人の甲高い朗らかな笑い声が船内に響き渡った。希望に満ち溢れた若い二人だった。だが、この幸せな気分も、お昼前の僅かな時間までしか続かなかった。

ヤンが襲ってきたのだ。

「今日の獲物はラバルの馬鹿共だ。弱いくせに、この無敵のヤーバンの前をうろちょろしていやがる。殺せ。殺せ。」

ラバルを見るとヤンは目つき顔つきが豹変した。その口調も一変し、素早い動きで司令長官以下戦士を一堂に集めた。

「今日の敵はラバルだ。皆殺しにするくらいの勝利を収めようじゃないか。」

「うぉー。」

一同はヤンの発令で一斉にラバルの要塞船目がけてジェットボードで突進して行った。ノラはその光景をいつもとは違う不安な面持ちで眺めていた。今日は勝利を収め、その上その他にも良いことがあるはずなのに、なぜか奇妙ないたたまれない気分だった。なぜ？不思議でたまらなかったが、自分にはどう押えて良いか分からなかった。それとは反対に、ヤン達が躍動感溢れる動きで次々にラバルの戦士達をやっつけていく様が対照的だった。

戦渦はすぐに決着した。一時間程度で勝利の女神はヤーバンに微笑んだ。緒戦の勢いですぐにそれは明らかだったが。ヤンはいつになく上機嫌だった。別にこれといった強敵を倒した訳ではなかったが、朝のノラのお告げで大勝利、しかもその上おまけがついてくるということを信じて疑わなかった。当たり前だがノラのお告げで外れたことなどなかったのだから。

「ノラ、今日は弱いラバル相手だが確かに大勝利だった。この上、付録が付くというのは一体どういうことなのだろう。」

「さあ、これからのお楽しみじゃないかしら。」

ノラはそう嘯《うそぶ》いて答えたが、ヤンが戦っている最中ずっといたたまれない気持ちでいたことなど、噫《おくび》にも出さなかった。ヤンは続けた。

「そうだな。今日は捕虜として、ラバルの長とその許嫁を捕まえた。この二人を処刑してやろうと思っている。この二人の処刑を明日にして、楽しみを倍加させよう。」

ヤンは静かにノラの前から立ち去った。種族の長とその家族は殺すのがヤーバンの掟だった。捕まえた戦士も殺し、女は捕虜にして子供は皆殺しの目にあった。ヤーバンと言わず、負けた種族はほとんど同じ目にあった。勝ち続けることこそが、その種族を生き残らせる唯一の方法であった。ノラも小さい頃から見続けているこの掟に何のためらいも感じずにいた。だが、今日は違っていた。何か好奇心にかられ、捕虜のいる船室へ足を踏み入れていった。

ヤーバンの皆が目を白黒させていた。ノラが捕虜のいる船室へやってくるとは夢々思っていなかったからだ。捕虜の扱いをする者は種族の中でも一段低く見られていた。だから、ヤーバンの宝であるノラと接する機会は、極々限られたものとなっていた。

「皆、頑張っていますか。」

「おぉー。」

「ノラ様だ。」

「ノラ様万歳。」

ノラが一言発すると皆一斉に喚声を挙げた。ノラがヤーバンの守り神で、不思議な力があるのを皆が知っていた。何の力もなく、平凡で、かつ一段低く扱われている捕虜使いにとっては、ノラがその船室に来たのはこの上ない名誉だった。

「ノラ様、捕虜のいる船室に何をしに来られたのですか。」

捕虜使いの長官が言った。

「捕虜の見学よ。」

「ご案内致しましょうか。」

「いいえ。勝手に自分一人で見学して歩くから結構よ。」

捕虜使いの長官は残念そうに引き下がった。

ノラは一人部屋の中からぶらぶら当てもなく歩き出した。捕虜達は一様に虚ろな目をして横たわっていた。男達は疲れ果て、女達は目に涙を浮かべ、子供達は黙りこくっていた。ケガをした者、病気の老人、目を瞬かせる者。慟哭を満たした雰囲気にノラは嫌気がさした。

しかし、その目に勇気を賛え、気力に満ちた青年が一人ノラを凝視していた。ライルだった。

ライルは右腕を骨折していたが、後は大丈夫だった。傷口の手当ては味方の者がやってくれ、応急処置の一応終わっている体で、気力だけは充実していた。この危機を打破しなくてはと思っていた。だが、ノラを一目見るとその黄金に輝く肢体に心を奪われてしまった。最初は遠くに山吹に輝く物があると見惚れていたら、それが近づいてくる程に黄金色に輝きを増し、目の前に来た時は眩く光り輝いていた。最初何なのかも分からなかった。だが、それが人間であり、しかも美しい女性だと分かると、生まれてから今まで感じたことのない胸の高鳴りがライルを襲った。

一方、ノラもライルを側で見た瞬間、自分の求めていたのはこの人だと思った。

二人共奇妙な胸の高鳴りを覚え、目を合わせずにはいられなかった。

しかし、ノラはライルの側を何事もなく通過すると、近くにいた見張りの言葉に驚いた。

「ノラ様。そこにいるのはこの種族ラバルの長ライルです。明日の処刑を楽しみにしていて下さい。」

見張りは自分達の仕事の一つ、処刑の自慢をしたかっただけなのだが、ノラの心臓は早鐘を打った。何故やっと巡り会えた人なのに、明日死なせなければならないの。まして、自分の種族が殺すなんて。信じられない気持ちで一杯だった。明日までに逃がさなければ。ノラの心は一瞬で決まった。ライルを逃がす。これがノラの至上命令になった。だが、すぐには名案が浮かばない。

「長官。私にこの部屋の鍵を貸して下さらない。」

「いいですとも、ノラ様。ノラ様のご命令ならどんなことでも望み通りです。」

捕虜使いの長官はヤーバンの守り神がまさか、裏切るとは思いもよらず鍵を渡した。何に使うのかなどは予想だにせず、その場を後にした。

ノラは長官がいなくなったのを確認すると、見張りの者達を手なずけ、ラバルの者達を闇に逃した。しかし、一人手なずけられたような振りをしたズーカがその一部始終を見ていた。

「ライル。あの女の人は何て心優しいの。おかげで私達助かったわ。」

「サラ。悪いけど僕に話しかけないでくれ。今助かったという気持ちよりも夢中になっていることがあるんだ。」

「何言っているの、ライル。命が助かった以上に喜ぶべきことなんて何もないでしょう。」

「君とは口をききたくないな。」

ライルとサラは折角その命が助かったにもかかわらず、どちらも興奮して物別れしてしまった。しかし、それはサラの方が大人のせいか折れて、ラバルが二つに割れるような大事には至らなかった。それでなくともラバルの危機なのに、上役二人がケンカしている時ではなかった。早くヤーバンから遠くに逃げて、安全の地を見つけ戦力を立て直さなければならなかった。サラは気が昇天しているライルとは対照的に気が気ではなかった。


「兄さん。今夜は最後の通告に参りました。」

シーザーが畏まってモロイ国王の寝室に入ってきた。国王はガウンを着てベッドから起き上がった。

「何だね。シーザー。何か話があるのか。最後の通告とは少々大袈裟じゃないか。」

「決して大袈裟ではありません。この国の一大事です。」

「一大事とは穏やかじゃないな。まあ聞こう。」

何も知らない国王は何のことやらさっぱり分からず閉口した様子だったが、その器量の所為か弟の話を聞くことにした。

シーザーは続けた。

「今、この国で起きている赤ん坊探しを即刻取り辞めるべきです。なぜなら、次の国王はこの私シーザーが務めるからです。国王、あなたの時代はもう終わっているのです。」

「何を言うのかと思えば、そんな話か。」

「そんな話とは何ですか。私にとっては重大事ですぞ。」

「分かっている。分かっているよ。私もお前のことは考えていたのだ。次の国王はお前に譲っても良いと考えていた時期もあったんだ。でも、妻のベロニカが次世代の国王は自分達の赤ん坊でと言うものだから。」

「それはもう過去の話です。今は既にベロニカはそんな考えなどありません。」

「どうしてお前がそんなことを言えるのだ。ベロニカと話でもしたのか。」

「私はベロニカを愛しています。ベロニカは血のつながらない我が子など欲してはいません。」

「どういうことだ。シーザー。」

「私は健康です。私とベロニカなら子供を作ることなどたやすいでしょう。兄さんとは違うのです。」

「私も健康体だ。何故馬鹿にする。それに子供が出来ないのはベロニカの体質にあるんだぞ。私を馬鹿にするな。」

「馬鹿になどしていません。あなたが愚か者だと言っているのです。その妻ベロニカに裏切られ、子孫は出来ず、国を乗っ取られるのです。」

「何だと無礼者。貴様自分で何を言っているのか分かっているのか。弟でなければ引っとらえて銃殺刑にでもする程のことを言っているのだぞ。私ばかりか私の妻のベロニカまで。」

「私は自分が今何を言っているか正確に把握しています。私は正常です。狂っているのはあなたの方です。」

「何だと。では、私の愛する妻ベロニカが私を裏切っているとは、一体どういうことだ。何とか言え。」

「ベロニカは私の物です。結婚の約束をしました。もう既に二人の未来図は出来上がっているのです。邪魔者はあなた国王ただ一人なのです。」

「結婚の約束？ 未来図だと？ ふざけるな。ベロニカは私の物だ。」

「ベロニカを本当に愛しているのは私です。その肢体を毎晩愛し、その御魂を欲しいままに操れるのは私以外にいません。」

「気でもふれたか、シーザー。自分が今何を言っているのか、貴様は混乱している。ベロニカが私を裏切り貴様ごときに毎夜抱かれ、その清らかな御魂を玩んでいるのがシーザー、貴様だなどということがあってたまるか。それが本当なら貴様は一度や二度銃殺刑にかけても飽き足らん。」

何も知らされていない国王は一人激昂し、その足は地団駄を踏んだ。シーツを破り、枕をシーザーへ投げつけ、側にある物手当たり次第壊し始めた。シーザーにとって唯一の救いは寝室であったが為、命取りになるような武器が部屋にないことだけだった。

シーザーは国王の混乱を見届けると、一人ほくそ笑み部屋を出た。その足の向く先はベロニカの部屋と思われたが、当初の見当とは違い、幾人かの部下を伴い最新の殺戮兵器、ベロニカと共に、モロイを後にした。

シーザーの不穏な行動をよそに、その怒りが収まらないモロイ国王は、シーザーが部屋を後にするとすぐさま侍従を呼びつけ、ベロニカを部屋へと呼びつけた。何も知らされていないベロニカは申し開きに最初苦労したが、国王など日頃扱いに慣れている所為か、その怒りを鎮めるのに時間はかからなかった。

「私が国王以外の男などを好きになるはずありません。」

「でも、シーザーが。」

「シーザーのことなど忘れてしまいなさい。所詮、ホラを吹く、それまでの安い男でございます。」

「ベロニカ、本当なのだな。私以外の男などには目もくれてくれるなよ。」

「分かっていますわ。私はモロイの女王です。その振る舞いに不貞があってはなりません。故に、私の愛する男はモロイ国王だけなのです。」

「分かった。私の愛するベロニカよ。疑ぐって済まなかった。今夜のことは許してくれ。」

ラバルを処刑する朝が来た。ヤンは少しのためらいもなく目覚めると、食事も摂らずにノラの元へ来た。毎朝の恒例行事なのだが。

「ノラ、今日のラバルの処刑はいつも通り午前十時からで良いか?」

「ええ。いつも通りで良いと思うわ。」

「分かった。今日のラバルの処刑は午前十時から執り行う。楽しみにしていてくれ。」

そう言い残すとヤンはノラの部屋を後にした。ノラは昨夜のことは一言もヤンには言わずに嘘を通した。昨晩の出来事の方がヤーバンにとっての嘘だった。ノラが裏切るなど考える人間は、ヤーバンには誰一人いなかった。しかし、ノラにとってはヤーバンを裏切ることよりも、出会ってしまったラバルの若人の方がその胸をときめかせた。あの人は今どこにいるのだろう。何をやっているのだろう。ケガは大丈夫かしら。食事は摂っているのだろうか。安全な地へ着いたかしら。などなど、他愛のない空想が次々に飛び出した。昨晩の大胆な行動とは裏腹に、恋する乙女のような感情が溢れ出た。まるで、今日のヤンに対する言い訳などないように。ノラはいつも通り普通にしていようと決心していた。

一方、ヤンは昨日の戦勝気分のクライマックスとしてラバルの処刑を楽しみにしていた。生きるか、死ぬかの戦いの代償として、勝者だけに与えられる権利を充分味わいたかった。種族の繁栄とその栄光を讃える最高の場だった。

「司令長官、今日の処刑はいつも通り午前十時に執り行う。皆に準備をするように言っておいてくれ。」

「ヤン様。そのことですが、大変な不祥事が起きてしまいました。

「何だ。」

「ラバルが昨夜ヤーバンから脱走したのです。」

「何だと。見張りをつけて、鍵をかけておいたんじゃないのか。」

「はい。いつも通りにしておいたはずなのですが。」

「前代未聞だぞ。ヤーバン始まって以来の珍事と言わざるを得ないな。」

「はい。全力を挙げて調査している最中です。何とか今日中にはどうしてこのような事態が起きたかを解明する所存です。」

「うん、分かった。ラバルへの追っ手は出さなくて良い。どうせ今度出会っても、ヤーバンの勝ち目は見えている。無駄な労力を費やすよりも、今後このようなことがないよう調べる方が先決だ。」

二人の会話は捕虜に逃げられたその衝撃的現実よりも穏やかに進められた。ヤンも怒ることなく冷静に目の前の事態を分析してみせた。司令長官もヤンと同様ラバルなど足元にも及ばないヤーバンの戦力を、疑ったりなどしていなかった。ヤーバンの二人の実力者が下した決断に異を唱える者などいないはずだった。ズーカを除いては。

「サラ、あの女は一体どうなるんだろう。」

「分からないわ。無事では済まないでしょう。」

「何ということだ。我らの所為で命を落とすことになるかも知れないなんて。」

「無事でいてくれることを祈るだけだわ。」

「私があの女を救う。」

「今のラバルにその力はないわ。戦ったら一目瞭然よ。勝ち目なんかないわ。」

「誰がラバルが戦うと言ったんだ。僕一人で救い出すんだ。」

「ライル、気でも違ったの。あなた一人でヤーバンに戦いを挑むなんて、無茶よ。」

「サラ、君は黙っていてくれ。僕はあの女と運命を共にすると決めたのだ。あの女こそ我が命だ。あの女以外の人と人生を共にするなんて考えられない。その女の危機を救わずに生き延びるなんて、考えただけでも腹立たしい。」

「あなたに何が出来るというの、ライル。」

「とにかく、私は行く。止めても無駄だ。」

「止めたりなんかするものですか。好きにしたら良いわ。」

ライルはそう言い残すと一人元来た道を引き返していった。

「気違い沙汰だわ。」

サラは一人呟いた。でも、ライルの行動に一抹の安心感もあった。恩人を見殺しにするのは自分でも情けなかった。しかし、それ以上にサラを突き動かしたのは責任感からだった。ラバルの指導者的立場にあるサラにとって、皆をこれ以上危険にさらすことは、一時の感情で決めることなど到底出来なかった。だが、ライルは感情的になりラバルを出ていってしまった。サラの胸にはこの行動が強く心に残った。一体ライルは何をどうするつもりなのか。一人で何が出来るというのか。サラは一人で考え込んでしまった。

一方、ライルは意気揚々としていた。大切な女を救い出しに行くという、その使命感で燃えていた。ラバルやサラのことなどその頭にはなかった。ヤーバンに一人取り残して来た女を想って、やたら胸が熱くなり、涙を流しながら先を急いだ。もう自分はどうなっても良い。その代わりにあの女を助けたい。一途にそう思っていた。

しかし、ヤーバンはそこにいなかった。ライルが戦いの場に到着した頃は日もとっぷりと暮れていた。辺りは暗く、何も目に出来ない状態だった。あの女が生きているのか、死んでいるのかさえライルには見当がつかなかった。

ライルは初めて自分が無謀なことをしているのだと気が付いた。これではあの女を救うどころか会えずに果ててしまうとライルは判断した。しかし、どこをどう行けばあの女に出会えるのか、ライルには分からなかった。せめて生きているなら一目会いたい、死んでしまっているのならその墓前に花を手向けたいと思った。

闇夜の中ではラバルの長という権力などどうにもならなかった。一人のちっぽけな人間として一夜を過ごすしか出来なかった。

翌朝、サラが一人ライルを探しに来た。夜通し追い駆けてきた所為か、目が赤かった。

「ライル。ヤーバンはいなかったのでしょう。」

「ああ、そうだとも。」

「なら、一緒に帰りましょう。」

「でも、あの女を救け出さねば。」

「ラバルを立て直さなければ無理よ。あなた一人では何も出来ないわ。」

「分かっている。分かっているんだが、どうにかしたい気持ちで一杯なんだ。」

「私もラバルの皆もそれは一緒よ。でも、今はどうにもならないの。分かって。」

「分からないよ。じゃあ、どうすれば良いんだ。」

「ラバルに戻ってヤーバンと戦える位にラバルを鍛えるのよ。それ以外に方法はないわ。」

「あの女を見殺しにするつもりか。」

「もう死んでいるかも知れない女なのよ。」

「だったらせめてその墓前に、花を手向けて一生を過ごそう。」

「あなた一人の為にラバルを犠牲に出来ないの、分かって。」

「僕の気持ちはどうなるんだ。」

「頭を冷やして頂戴。あなたはラバルの長なのよ。皆を守ってあげなきゃいけないの。ヤーバンの女とは少し距離を持たなくてはだめよ。生きているか、死んでいるかは神様だけがご存じよ。だから、あなたは運を天に預けて、今はラバルに戻って皆を励まさなくちゃいけないのよ。」

「ラバルの長はあの女一人助けられないのか。生きているか、死んでいるかさえも分からぬまま。」

「それが今のあなたの力なのよ。人間はその力の及ぶ範囲と及ばぬ範囲があって、及ばぬ範囲は神に祈るしか出来ないのよ。」

「私の力の及ばぬ範囲なのだな。あの女のことは。分かった。戻ろう。そして、祈ろう。」

ライルはそう言うとサラに先導されて、ジェットボードでラバルに戻ることにした。戦場の後にはあの女の死体がないのが唯一の心の救いだった。生きていればまた出会うことが出来るのだ。そう心に強く念じ、戦場を後にした。

サラはライルとは一緒になれない運命なのかも知れぬと思い、先に進んだ。あの女が出現したからではない。それ以前にライルとは生理的に合わないのではと感じ始めていた。しかし、今はそれには触れぬ。なぜなら、ラバルの存亡の危機が今起きているからだった。ラバルの存亡の危機が一段落したら、サラはライルと別れる決心をした。だから、今はラバルの為、ライルへの最後のご奉公と思い、我慢をして何喰わぬ顔で過ごそう、と決めた。

ラバルまでは後少しだった。

北の地トッコではあまりの進まぬ赤ん坊探しに嫌気を催したゾラが、一時休暇を願い出て受理され、神殿に舞い戻っていた。それまでの激務のせいかゾラは疲れ果てていた。頬はこけ腹の肉はそげ落ち、助骨がうっすらと浮き出ていた。気力、体力共に限界であった。

「何とこの世には非現実を望む馬鹿な夫婦が多いことよ。モロイの国王になる子供などそうそう見つかる訳などあるまいに。」

ゾラは独り言を呟き、それまでの苦労をかみしめていた。顔の相が変わり、気力・体力共に限界ではあったが、予知能力だけは不思議に冴えているような気がした。

「こんな日は現実夢をよく見るのだ。この夢は必ず当たる。早く赤ん坊の夢が見たい。モロイから逃れてこのトッコの地がやっぱり私には安住の地なのだ。トッコを離れたのが間違いの元だった。だが、一度引き受けた赤ん坊探しを、途中で辞める訳にもいかず困っている。早く自由になりたい。」

ゾラは独り言を言いながら浅き眠りについた。神経がまだ高ぶっていて、ぐっすりとは眠れなかった。だが、その極短い間に見た夢が正夢になろうとも知らずに。


ゾラはアインの神殿にいた。アインはこの世を司る伝説の神だった。ゾラはアインの巫女だった。毎日が夢のように楽しく、厳かに過ぎている。

ある日、アインがセレンの実を食べていた。ゾラが恐る恐る近づいていくと、アインがセレンの実を一つゾラに差し出した。

「これからは、巫女もセレンの実を食べ、たくましくなってもらわないと困るからな。美しさと力強さを兼ね備えた女性が究極美だな。はっはっはっはっはっ。」

ゾラには言葉の意味など分からなかった。しかし、その実を一つ食べてみた。甘く酸っぱい味がした。他には何の変化もなかったが、日頃接しているアインが自分だけにくれたセレンの実に満足した。

また、ある日アインの気紛れでゾラは戦いの神ケインに追い駆けられる羽目になった。

「ゾラ、巫女としての生活はさぞかし退屈であろう。セレンの実を食べた以上、巫女として生きるよりも、神の子を宿し、その母となった方が良いだろう。自分の好きな男の神の名を言えば、キューピッドが矢を放つだろう。どうだ。」

「私は何の力もない名もなき人間です。神々の子供を宿すような特性は、何も備えていません。ご辞退します。」

「何を言っている。お前は普通の人間ではなくなったのだ。セレンの実を食べてから。試しに、その大木を軽く拳で叩いてみなさい。さあ、早く。」

「まあ、何てこと。大木が倒れてしまったわ。」

「それ、見てみなさい。それが現実のお前の力なのだよ。セレンの実を食べる者の宿命だ。」

「分かりました。でも、私には誰といって好きな神はいません。皆、それぞれに良いところがあり、一人に選べません。アイン様選んで下さい。」

「良かろう。ではお前はとても優しい巫女だ。だから、戦闘の神ケインを選ぼう。猛々しさと優しさ、双方の良い所が混ざりあった良い子が生まれるだろう。ゾラよ、野に下れ。そして、生きるのだ。」

アインがそう言うとゾラはそれまでの巫女の恰好から、ボロを着て地上の荒野に解き放たれた。そして、キューピッドの矢が放たれた戦闘の神ケインが荒々しく追い駆けてきた。ゾラはその本能から逃げに逃げまくった。追われるゾラと追うケイン。二人のマッチレースにアインは天上から笑っていた。ゾラにもその笑い声は聞こえたが、それどころではない。訳も分からず逃げるのが精一杯だった。しかし、ゾラが石に躓いてこけると、さっきまで狂ったようにゾラを追い駆け回していた戦闘の神ケインは追ってこなかった。ゾラが振り返ると、ケインの姿はもうどこにもなく、急に腹が痛みだした。陣痛だった。

ゾラは誰の助けもかりずに一人踏んばり、子供を一人産み落とした。なぜかへその緒を切るのをためらったが、思い切って断ち切った。子供はゾラにも戦闘の神ケインにも似ていなかったが、ゾラの母性本能をくすぐる顔をしていた。とてもかわいかった。その体の血を洗い流して、きれいにしてあげると、突然空から光が射し込んで、アインが二人を天上に引き上げてくれた。

ゾラは快感を胸にそれまでの疲れが、吹っ飛ぶ程の体調の良さを感じた。目覚めはすこぶる良く、その体に薄っすらと赤味さえ浮かんでいた。その顔面を紅潮させながら、ゾラは叫んだ。

「これは現実夢か。」

実際、喝いた感覚を持つ夢はその通りになった。そして、湿った感覚を持つ夢は唯の夢に終わった。ゾラにとって久々に見た喝いた夢だった。ゾラは忘却の彼方へ夢が飛んでいかないように、朝食も摂らずに予言の書を書き出した。もちろん、香を炊きながらその意識を覚醒することも忘れなかった。

「戻ってきた甲斐があるというものじゃ。これで赤ん坊探しが楽になる。きっと赤ん坊の母親はセレンの実を食べたに違いない。」

ヤンはいつも通りに目を覚ましていた。可もなく不可もなく、本当に普通の朝だった。昨日、ラバルが逃亡したという不愉快な報告を受けても、別に何とも思わなかった。些細なこととして片付けていた。だから、今日もノラの所へ行き、一日のお伺いを立てようと思っていた。だが、目論見は司令長官の昨日一日かけて調べた報告により一変してしまう。

「ヤン様、大変な事態が起こりました。」

「何だ。朝っぱらからオーバーなことを言う奴だ。」

「本当です。ヤーバンの一大事です。」

「本当なら聞きたいものだ。そのヤーバンの一大事という奴を。」

「はい。まったくもって本当に一大事です。何とラバルを逃がしたのはノラ様だということです。」

「何だと。」

「はい。証人もおります。」

「その証人とは誰だ。」

「捕虜の見張り人ズーカでございます。」

「捕虜の見張り人ズーカだと。一体どういうことだ。すっかり説明してくれ。」

「はい。事の発端はノラ様が突然捕虜ラバルを入れた部屋に現れ、事もあろうか捕虜の鍵を捕虜使いの長官から騙し取り、ラバルを夜の闇に逃したのだとズーカが言っているのです。」

「本当なら、ヤーバンに対するノラの裏切り行為だ。」

「はい。誠に残念ではありますが。」

「この事を知っているのは誰だ。」

「私とズーカとパン様、そしてヤン様だけです。」

「分かった。私が直々にズーカから事情を聞くから、後でズーカを私の所へ連れてきてくれ。」

「はい、畏まりました。」

そう言うと司令長官はヤンの部屋を引き下がった。一人孤独と不安に苛まれるヤン。だが司令長官の言った事を、証人までいるのに否定することは出来ない。どうしたらこの事態を切り抜けられるか思案にくれていた。

「ノラが私を裏切るはずがないと思っていたのに。」

独り言をそう呟くとヤンはその椅子をけっ飛ばした。不満が爆発した形となったが、すぐに頭を切り換えた。

「これは私がノラに試されているんだ。パンを殺して私が長になれば、否が応でもノラは私についてくる。それ以外に生きる道はないのだ。ノラにとっても、自分にとっても。早くパンを殺さなければいけない。」

ヤンは気持ちを新にこの事態を切り抜ける決心をした。目の上の瘤パンさえいなければ、ヤーバンの権力、武力共に最高の地位に登りつめられる。そうすれば、ノラも自分に逆らうようなことはしないだろう。一度の過ちは許すが二度は許さぬという不退転の気持ちで、ズーカに会う腹づもりになっていた。だが、合点がゆかぬのは、ノラが何故ラバルを逃したかだった。処刑などはありふれていたし、ラバルが特別ノラの心情に訴えかける程、哀れな種族だとも思われなかった。何故。

ヤンが心惑っているうちに司令長官がズーカを連れて部屋に入ってきた。

「ヤン様、ズーカを連れて参りました。」

「うん。女か。」

「ズーカ。ヤン様にご挨拶をしなさい。」

「ズーカです。ヤン様に会えて光栄です。」

「さて、早速ラバルが逃げた夜の話をしてもらおうか。」

「はい。それは司令長官にお話しした通りです。嘘ではありません。この目でちゃんと見たことです。」

「うん。ノラが捕虜使いの長官から何て言って鍵を騙し取ったんだ。」

「私が明日の処刑を仕切るからと言っていました。」

「ノラは嘘をつくような人間ではない。」

「でも、捕虜使いの長官を騙しました。そして、みんなに『ラバルを追い出すのよ。』と言ってみんなでラバルを船から逃がしました。」

「ラバルを追い出す。それは一体どういう意味だ。」

「そ、それはラバルを逃がすと言われたのです。」

「言葉に、矛盾があるな。分かった。もう良い。下がれ。」

「はい。」

「司令長官は残れ。」

「はい。」

ズーカは落胆しながらヤンの部屋を後にした。司令長官と二人になったヤンは徐《おもむ》ろに話し出した。

「ズーカの言っていることには言葉の矛盾がある。しかし、大筋では合っているのだろう。ズーカには悪いが死んでもらう。ノラを誹謗中傷することはヤーバンではご法度だ。」

「はい。ノラ様の存在はヤーバンの宝でございます。」

「うん。分かっている。私もそれは充分すぎるくらい分かっている。だから余計恐いのだ。ノラの影響がヤーバンからなくなったの時のことが。」

「私もそれだけが心配でございます。」

「だったら分かっているな。ズーカの存在はヤーバンにとって危険思想だ。他の者に公言しないうちに、早く始末してしまわねばならない。」

「はい。畏まりました。その役目は私が仰せつかりましょう。今夜にも夜陰に紛れて何とか致します。」

「頼んだぞ。私にはやらねばならないことがある。」


パンは一人部屋で考え込んでいた。その日は朝から食事も摂らずに、ノラの為出かしたことをずっと気に病んでいた。ノラの今までの功績を考えて、処罰すべきか否かを悩んでいた。裏切り者を処罰するのは当然上に立つ者の役目だが、処罰してしまってその穴をどう埋められるか頭が痛かった。

「父上、いかがいたしました。」

そこへヤンが何事もなかったように入ってきた。ヤンは辺りの物暗い雰囲気を感じとると一瞬緊張したが、腹の底では喜んだ。パンがノラのことで頭を悩ましているのは分かっている。その一瞬の隙を見越して、今夜が決行の時と思ったからだ。

「ヤンか。どうしたのだ。」

「はい。ノラのことで。」

「分かっている。どうしたら良いものか、私も思案に暮れていたところだ。」

「ノラは別に悪くありません。」

「何だと。今朝の司令長官の報告ではノラがヤーバンを裏切ったと言っていたぞ。」

「はい。でも私が直々にズーカという女を調べたところ、ズーカの妄想だと分かったのです。」

「何を言っておる。ズーカならいの一番に私のところへやってきて、ノラの裏切りを告白したのだぞ。」

「ズーカは嘘つきです。」

「証拠はあるのか。」

「ズーカはノラが憎いのです。憎くて嘘を言ったに違いありません。」

「だからはっきりとした証拠はあるのか。」

「ズーカを明日再度呼び出して聞くこととしましょう。」

「そんなことをしても無駄だ。私もズーカの話は俄には信じられない。しかし、ラバルが何の抵抗もなく逃亡してしまったことは、事実で消せないんだ。誰かがちゃんとした形で、その責任を取らなければならない。」

「それはノラではなくあなたです。父上。」

「何だと。ヤン。貴様頭が混乱している。」

「私は常々あなたがこのヤーバンには不相応しくない人間だと思っていました。今宵限り、おさらばしたいと思います。」

「ヤン。お前は自分が何を言っているのか分かっていない。今夜はゆっくり休め。ノラのことは私が考える。」

「ノラは私の宝、ヤーバンの宝です。あなたがどうこう言うべきことでは断じてないのです。」

「ヤーバンの長は私だ。今ノラの処罰を考えるのはヤーバンの最重要事項であり、早急に答えを出さねばならない重い責務だ。お前には少し荷が重い。私が決断する。」

「あなたはヤーバンの長ではもうありません。今から私がヤーバンの長です。」

「いずれはお前がヤーバンの長になるし、私もお前に譲るつもりだ。でもノラのことだけはお前に任せる訳にはいかない。」

「負け犬の遠吠えですね。」

「いいからゆっくり休みなさい。お前は疲れている。」

「私は疲れてなんかいません。今夜あなたを殺して、真の長になるのです。ノラのその責任はあなたが取るのです。」

「お前は今夜、正気ではない。」

「私は正気です。」

「随分物騒だな。正気にしては。」

「あなた一人の命は軽い物です。ヤーバンを守る為には。誰かが犠牲にならなければならないのです。」

「そして、私が犠牲になるのか。ヤーバンの為なら命など惜しくないが。」

「それを証明して下さい。」

「どうして私が死ぬのが、ヤーバンの為になるというのだ。」

「ヤーバンは私の物心ついた頃から、ノラによって救われてきました。ノラが守ってきたと言っても過言ではありません。決してあなたが長だから今まで生き延びてきたのではありません。ノラがいたからです。」

「私もノラの力は認めよう。だが、何故私が長ではだめなのだ。ヤーバンは今まで私がまとめてきたのだぞ。」

「もうあなたの時代は終わったのです。次の世代に譲る時が来たのです。」

「ヤン。お前はまだ若い。もう少し私の元で長としての任務を修業しなければならない。人としての徳を積まなければ周りはついてこないぞ。」

「あなたのお説教を聞くつもりはありません。もうこれは決まり事です。あなたは今夜死ぬのです。」

「何だと。私もおめおめとは死ぬつもりはないぞ。やせても枯れても私がヤーバンの長だ。まだまだ若い者には負けられぬ。」

ヤンは隠し持っていたジェットガンをパンに向けて差し出すと、その心臓目がけて発射した。見事命中し、パンは息を引きとった。何の抵抗も出来ずに。ヤーバン最大の裏切り者で反逆者の大勝利にその夜は終わるかに見えた。

しかし、ヤンがパンを射殺するちょうどその瞬間に事もあろうか、パンに呼ばれていたノラが部屋に入ってきた。ノラは一瞬何があったのか分からず、事態を呑み込めないでいた。だが、血まみれのパンを見ているうちに、ヤンがパンを殺したのだと、ヤンのジェットガンを片手にしている姿から見てとった。ノラは何も言わず、その場を立ち去った。ヤンはパンの後始末を司令長官を呼び出し申しつけると、その夜はノラへの申し開きを考える為、部屋に閉じこもり、明日ノラと話し合いをしようと考えた。

一方ノラは自分の部屋に入ると鍵を閉め、一人涙した。自分を拾って育ててくれたパン。涙する時は優しく慰めてくれたパン。自分が喜ぶ時には共に喜びを分かち合ったパン。それまでの出来事が走馬灯のように浮かんでは消え、消えては浮かんでいった。しばらくノラは感傷に浸っていた。

しかし、突如として怒りの矛先がヤンに向いた。事もあろうかヤーバンの長であり、自分達の父親であるパンを殺すなんて。憤りが収まらずにノラは苛立った。何とかしなければいけない。でも自分には何も出来ない。ヤンに対する憎しみだけがノラの胸に残った。そして、もうヤンとはやっていけないと思った。そうこうして、ただぼんやりしているとノラは旅に出たくなった。全部が嫌になった。物心ついてからヤーバンを離れず、他の種族や街には戦うか、ちょっとした買い物に行く程度しか用はなかった。流浪の身になればどんなことが、その身に起きるか分からない。でも冒険してみる価値はあると思った。それに、ノラが逃がしたラバルの戦士に会えるかも知れないという期待もあった。

ノラは決心した。すぐに身繕いすると扉の鍵を開け、夜の闇に消えた。

ヤンは昨夜は一睡もしていなかった。一睡もせずにノラに対する言い訳を考えていたのだが、上手い言い訳を考えられずに朝を迎えてしまった。朝など来なくても良いと思ったが、そういう訳にもいかずに朝を迎えた。その足取りは重かったが、一歩一歩着実にノラの部屋に向かっていた。部屋のノブはゆっくりと音を立てずに細心の注意を払って開けられた。中に入ってみるとノラの姿はどこにもなかった。どこか朝の散歩にでも行っているのかと思い、ヤンはベッドに腰掛けた。しかし、待てど暮らせどノラは戻ってこなかった。そして、時間だけが無駄に過ぎていった。一体ノラはどうしたというのだ。ヤンにはノラがヤーバンを逃亡したというのは、考えに浮かばなかった。だから、その身を案じずにはいられなかった。すぐに、周りにいた者を呼び出し、ノラがどうしたのか質問攻めにした。が、心良い返答は戻ってこなかった。みんな一様に知らないを連発した。

ヤンは司令長官を呼び出した。

「ノラの行方を知らないか。」

「いいえ。それよりズーカですが、昨夜始末を致しました。」

「ズーカだと。そうか、ズーカか。昨夜始末したのか。うん、分かった。」

「それと、パン様の死体も昨夜中に始末致しました。」

「うん、分かった。分かった。それはいいのだが、ノラが行方不明なのだ。何か知らないか。」

「はあ。見当もつきませんが。」

「昨夜パンを殺すところを見られて、それがショックでどうにかなってしまったんじゃないかと心配で。」

「ははあ～ん。それは違います。パン様をヤン様が殺すのを見て、自分も殺されると思ったのではないですか。それで昨夜のうちに逃げたのではないでしょうか。」

「何だと。何で私がノラを殺さなければいけないんだ。」

「ノラ様は犯罪者です。自分にその自責の念があったからこそ、殺されると思い逃げたのです。」

「やはりノラがラバルを逃がしたのか。」

「そうに違いありません。」

「でも私はノラを罰する気はなかったし、パンにその責任を取ってもらうつもりでいたんだ。それなのに。」

「人間追い込まれると最後には本性が出るものです。ノラ様はヤーバンを裏切った良心の呵責に耐えられなかったのです。」

「うん、分かった。ノラを探せ。まだそんな遠くには行っていないだろう。」

「お探ししてどうするつもりですか。」

「無論、ヤーバンに戻ってもらう。そして、ヤーバンの守護神として宝物のように扱うつもりだ。」

「ノラ様は裏切り者で、自ら逃げ出したのですよ。」

「違う。何か事情があったのか、乱心かは分からないが、それは論外だ。無かったこととする。私にはノラが必要なのだ。ヤーバンにはノラが必要なのだ。」

「分かりました。ヤン様のお気持ちは。早速、ノラ様探索の旅に出ましょう。」

「うん。そうしてくれ。」

ノラは夜の闇をどうやって切り抜けたかは自分にも分からなかった。でも、気が付くと朝になっていた。どこへ行こうか迷ったが、慣れない手つきでジェットボードを操り、ラパンの町へ辿り着いた。ここで朝食を摂り、旅の足りない物を買おうと決めた。町は静かだった。まだ朝の眠りから覚めていないといった感じで静まりかえっていた。一軒コーヒーのいい匂いをさせている店が開いていた。ノラはそこで朝食を摂ることに決めた。

「いらっしゃい。」

中へ入るとしわがれた声で老人が一人挨拶をした。ノラはすかさず注文すると席を探した。古びたテーブルの上に花が一輪飾ってある席に決めた。壁には拳銃だのショットガンだのが飾ってあり、ポートレートには戦士の姿をした若者が写っていた。かつての店の主人だったことは皺になったその顔その目つきの鋭さから見てとれた。

注文した品はすぐには出てこなかった。その動作は遅く、店に客なんか一人もいないように、勝手気ままに動いていた。ノラは手持ちぶさたになり、聞くともなく隣の商人風の二人の男の会話が耳に入ってきた。

「しかし、モロイの国王も何を考えているのかな。」

「そうだな。」

「素性の分からない赤ん坊を探し出して、次の国王にするというのだからな。」

「その赤ん坊の話で世の中もちきりだ。」

「俺が若ければその辺の女に赤ん坊の一人や二人産ませて、モロイに連れていくんだがな。」

「お前は馬鹿だ。」

二人連れの商人の笑い声が店に響くのと同じ位にノラに朝食が届いた。ノラは音楽がかかっているわけじゃなし、連れの話し相手がいるわけでもないので、そのまま二人の商人風の男達の会話に耳を傾けた。

「俺の今度の商売相手はヤーバンなんだが、高く売りつけようと思う。何せあそこの若造ヤンは、新しい武器に関しては欲しくてたまらないという風だからな。」

「そういう奴には高く売るにかぎる。」

「でもあまりに高過ぎて買わないと言われても困るから、三〇バンにしておこうと思うんだ。どう思う。」

「三〇バンか。もっと高くしても売れるんじゃないか。俺なら五〇バンといくね。」

「私なら一〇〇バンよ。」

咄嗟にノラは口をはさんでしまった。二人はびっくりしたように頭の向きを変えた。

「お嬢ちゃん。何てことを言うんだ。」

「本当よ。ヤーバンのヤンは一〇〇バンでもその新しい武器を買うわ。」

「一〇〇バンだと。一〇〇バンでは誰も買い手がつかないよ。買う奴は余程気が狂っている。」

「ヤンは性格的に欲しい物にはいくらでも出すのよ。」

「どうしてこの武器が欲しいと分かるんだ。お前に。」

「私の予言に嘘はないわ。信じて。」

「信じられるか。一〇〇バンだぞ。この女、気がふれている。」

「うん。そうだ。今この女は予言という言葉を口にしたぞ。そんな能力がこの女にあるわけない。嘘を言うな。」

ノラは男達の余りの迫力に黙ってしまった。今までならヤーバンの皆が黙って信じたノラの予言を、この二人の男達は全く信じない。ヤーバンではノラの予言は絶対視されていたのに、一歩ヤーバンを離れるとこうも違うものかとノラは痛感した。

二人の男達は頭を元に戻すと会話を続けた。

ノラは朝食を不機嫌にすませると、店の外に出た。時間を過ごしたのはほんの短い間だったが、外は朝の活気が満ち溢れていた。露店の準備をしている人、店先の埃をはたく人、朝食の買い物に来て物見遊山《ゆさん》する人、などなど少しではあるが人の影もまばらに動いていた。

「お姉さん。この草はキズ薬になるよ。ここの名物なんだ。買っていきなさい。」

店の老婆がノラに一掴みの薬草を勧めてきた。ノラは旅の備品に買うことにした。愛想の良い老婆だが、足を引きずっているようだった。ノラは足の具合を聞くとつまずいてケガをしたとのことだった。だから、南の地へ行くと治ると予言した。老婆は嬉しそうに、お金を貯めて南の地ロンプーへ、療養がてら旅をする予定だと話してくれた。ノラが行く当てがないと話すと、南の地ロンプーを目指すと良いと、その老婆が勧めてくれた。南の地ロンプーはこの世の楽園で、世界中の人々が戦いを忘れ集う所だと話してくれた。

ノラは南の地ロンプーへ行ってみようと決心した。少し遠いような気もしたが、思い立ったが吉日で老婆の意見を採用することにした。それに、ヤンの追っ手が来るかもしれないと思い、ぐずぐずしてはいられないとすぐ旅立った。

旅はノラにとってはきつかったが、この世の楽園といわれるロンプーは魅力的だった。ロンプーでラバルの戦士に会えるかもしれない、という甘い期待を抱きながらの旅だった。

旅のきつさをロンプーでの甘さが吹き飛ばしてくれた。

ロンプーは小さな緑の茂みにあった。皆が温泉でこの世の疲れを癒し、花で目を和ませ、そして暖かい地方特有の食べ物でその胃袋を満たした。ノラは何からやって良いのか分からず、立ち往生した。でも、その体の疲れからお風呂に入ることとした。温泉には大理石の豪華な風呂場が用意されており、戦場では決して寛いだ気分にはなれないが、ここでは違ってゆったりとした気分を味わうことが出来た。

風呂場では大勢の人々がめいめいに寛いだ恰好で温泉を楽しんでいた。その中にノラも入り、寛いでいると自然と隣の女達の声が耳に入ってきた。

「モロイの国王の赤ん坊探しの話聞いた。」

「聞いたわ。その赤ん坊を探す為にこのロンプーの地へと、ゾラ様が来てその疲れをしばし癒す為に来てるらしいわ。」

「そうなの。私の子供ももう少し小さければ、ゾラ様に見てもらうつもりなのだけれど。」

「あなたの子供はもう赤ん坊ではないわ。」

「そうね。」

みんながモロイの国王の座を狙って、我が子をゾラに見せたくてしょうがなかった。

次にノラはその空腹を満たそうと、レストランの椅子に腰掛けた。出てくる料理はどれも新鮮で、栄養豊かな美味い料理ばかりだった。ここで世の人々は英気を養い、次の戦場へと向かうのだ、と思うと妙に納得した。この世の楽園と呼ばれるに相応しいとノラも思った。

ノラはそのふかふかのベッドに寝ると、明日は自分もゾラに会ってみたい気がした。皆があまりにもモロイの国王の赤ん坊探しに夢中になるものだから、自分にもその可能性があるかも知れないなどと、たわい無いことを思ったりしながらその晩は眠りについた。もちろん赤ん坊の父親はラバルの戦士だった。

一夜明けてみるとロンプーの地は正に楽園のような景色だった。花が咲き、温度は暖かく、日差しはまぶしかった。食事も昨夜に続き、どれもこれも南国系のトロピカルな物ばかりで美味だった。

さて、今日は何をしようかと思っていたが、やはり昨日の温泉での旅人の会話が気になり、自分もゾラに会いに行こうと決めた。会ってどうするつもりかも分からなかったが、とにかく会えば何とかなるような気がした。

ノラはゾラの泊まっている宿屋へ行こうと思い立ったが、どこへ行けば良いのやら途方に暮れていた。しばらくは町の見物と洒落こんで人混みに流されて歩いた。しばらく歩くとすごい人垣が出来ていて、どうしたのかと思って近寄ると、何とゾラの宿屋で皆ゾラに会いたがっている人ばかりだと、その会話から読んで取れた。子供連れの夫婦ばかりがゾラに会いたくて、宿屋の前に行列していた。ノラもしばらくここにいれば、ゾラに会えるのだと思って待った。しかし、ゾラは一向に出てくる気配がない。中には入れず、ほとほと皆困っている。もう五分も経てば、子連れの暴動が起きているのではないかと思われたその瞬間、ゾラが皆の前に出てきて言った。

「皆の者。申し訳ないが、わしはここで赤ん坊鑑定をするつもりはない。赤ん坊の鑑定はモロイで後日行うから、今日のところは解散してくれ。」

皆一様に残念がってため息がもれたが、子供が疲れ果てて泣く者があちこちで続出し、収拾がつかなくなっていたので、皆諦め解散することとした。ノラは残念で仕方なかったが、ゾラが会わないと言っている以上、無理に押しかけるのも忍びないので帰ることにした。

「もし。」

「はい。」

「そなたは予言者ではあるまいか。」

「私はヤーバンで予言者でした。でも、今は違います。一人の旅人です。」

「そなたには予知能力がある。それはわしが予言者だからすぐ分かるのじゃ。話があるからわしに付き合ってほしい。」

ノラが踵を返して帰ろうとした時、ゾラに突然声を掛けられた。ゾラのその逼迫した様子からノラは只事ではないと思い、丁度話もしたかったので付いていくことにした。ゾラの部屋に招かれると馴染みの二人のように椅子に腰掛け、堰を切ったように話し出した。

「そなたの名前は何という。」

「ノラです。」

「ノラか。予言者なのだろう。」

「先程も申しましたように、ヤーバンで予言者でした。でも、今は一人の旅人です。」

「うむ。そなたの予知能力はわしに肩を並べるか、もしくは秀いでているような気がするのじゃが。」

「それは光栄です。でも私にもどれくらいのものかは定かではありません。」

「うむ。ノラよ。わしは、今日モロイの赤ん坊に出会えると予言したのじゃが、そなたは何をしにわしに会いに来たのじゃ。」

「はい。私が今日ゾラ様に会いに来たのはラバルの戦士に会いたくて、どこに行けば良いのかを教えてもらいに来たのです。残念ですが私には子供はいません。」

「でも、そなたは予言者なのだろう。見当位はついているのじゃろ。」

「いいえ。自分のこととなると邪心が起きて、よく分からないのです。」

「なるほど、よく分かった。なら物々交換といこう。わしの今知りたいこと、モロイの赤ん坊探しとノラの戦士の行方を予言することじゃ。どうじゃ。」

「はい。結構な申し出です。ゾラ様の予言なら絶対信じます。私なんかの予言でお役に立てるなら光栄です。」

「よし、明日また会おう。」

二人は仲良く別れると明日の希望に満ち満ちた。ゾラの提案は名案であり、お互いの力を存分に発揮する良い機会であった。これはノラとゾラが互いの絆を深め合うのに、絶好の出来事であった。

一人ノラは帰路につくと、町の風景を楽しみながら明日の朝、ヤーバンにいたごとくモロイの赤ん坊を予言してみようと思った。何せ、ヤーバンでの予言に一寸の狂いもなかったのだから。ノラはヤーバン以外で自分の能力を認めてくれたゾラを母親のように、また旧知の友人のように懐かしく、親しみを覚えた。

翌朝、ノラは起きるとまず太陽を見た。日差しはまだ柔らかでちょっと気温は高すぎたが、目を覚ますのにはぴったりだった。ノラは思った。まだ先の話だと。もう少し時間をかけなければだめだと思った。モロイの赤ん坊探しの結論がそう出ると、次にノラの胸に浮かんだのは、ラバルの戦士のことだった。いつか会える。そう思った。だから、元気が出て気分がすっかり良くなった。モロイの赤ん坊探しのうっとうしさを吹き飛ばして、ノラは食事を摂るとゾラの元へ出かけた。

ゾラは迷っていた。昨夜のうちに予言を終えると、その結果をノラにそのまま伝えて良いものやら、悪いものやら、言って良いのか迷っていた。そのまま伝えたら、ノラが悲しむだろうことは明白だった。若いノラが失望のあまり、何を仕出かすか予測もつかなかったが、そのまま伝えずに希望を持たせる良い言い方を考えていた。そこへ、ノラが部屋に入ってきた。

「ゾラ様。おはようございます。」

「おはよう、ノラ。今日は馬鹿に上機嫌じゃの。」

「はい。ラバルの戦士のことが分かるのかと思うと、居ても立ってもいられずにここに来てしまいました。」

「そうか。ノラはわしの予言が聞きたいのじゃな。分かった。早速、伝えよう。ラバルの戦士は復活する。必ず、復活する。わしの予言はそれだけじゃ。」

「復活。復活するとは一体どういう意味ですか。」

「復活とは何を意味するのかわしにも分からぬ。じゃが、必ず復活するのじゃ。」

「ゾラ様がそう仰しゃるのなら分かりました。ラバルの戦士は必ず復活すると。」

「そうじゃ。必ず復活するのじゃ。さあ、ノラよ。わしは予言した。今度はノラの番じゃ。」

「私の予言では、まだ少し時間がかかります。でも必ず見つかります。お気を落とさずに。」

「そうか。まだ先か。わしも少々疲れたのでロンプーの地に来たのじゃ。じゃが、ロンプーの地で赤ん坊の手掛かりがつかめると思い、来てみたかいがあった。ノラに会えたのじゃからな。」

「ありがとうございます。ゾラ様、私にもう一つ教えて下さい。私はこの後、どこへ行けば良いのでしょう。」

「争いごとは避け、東へ行け。行けば必ずラバルの戦士に会う為のキーマンになる人物に会えるだろう。」

「分かりました。東を目指して旅に出ます。私も長逗留は出来ません。ぐずぐずしているとヤーバンに追われている身なので、何が起きるか分かりません。」

「争いごとは今のノラでは無理じゃ。でも、そのうち近い将来そなたは戦わなければならぬ身じゃ。心してかかれ。」

「はい。では、ゾラ様もご無事で。」

ノラはそう言い残すとゾラの部屋を後にした。帰路ではラバルの戦士の復活の意味を考えていた。ラバルはヤーバンに負けたのだ。だから復活してヤーバンを負かしてヤンを懲らしめる、とノラは簡単に考えていた。そして、自分はラバルの戦士と結婚するのだと、甘い甘い期待を抱いていた。


予言の地トッコはその主を待っていた。

ゾラはノラと別れロンプーの地を後にすると、真っ先にトッコへと向かった。途中、モロイに立ち寄ろうと思ったが、何か胸騒ぎがして寄らずに通過してしまった。モロイの国王に会っても手土産が見つからず、進展のないまま会う気にはなれなかった。それよりは今後のモロイの展開が不安でならなかった。ノラに出会ったことでより一層不安が増大した。

ゾラはトッコの地へ着くと、まずその旅の疲れも癒さぬまま予言所に向かった。そこでの予言は不思議なくらいゾラを落ち着かせ、そして正に的中した。確率的には百発百中だった。

だから、ゾラはモロイとノラがどういう訳で関係してくるのかを、三日三晩予知し続けた。様々な予知夢がゾラを襲った。ノラが大魔人になる。モロイが蟻地獄と化す。モロイの国王が断崖絶壁に立っている。女王ベロニカと弟シーザーが泥沼から顔を出している。そして、何千何百のロボットが紅白に分かれて、入り乱れ争っている。

ゾラは夢から覚めた。そして、今までの様々な予知夢から、ストーリーを作らねばならぬと決心した。一体どういうことなのか。何を夢はゾラに教えているのか。

ゾラはそれまでの不安な気持ちと、様々な夢との間で未来を作り上げた。そして、一気に予言の書に書き上げると、ぐったりとして寝込んでしまった。

ゾラは一週間眠り続けた。そして、大至急モロイへと取って返し、モロイの国王に予言を伝えようと画策した。モロイ国王一人に伝えねばならぬ。他の人間に聞かせてはならぬ。そう強く心に決めていた。

やっとの思いで国王と二人きりになる時間が持てた。ゾラはこれでモロイが救われると内心ほくそ笑んだ。そして、再びノラに会えるのだと喜んだ。流浪の身でありながら、強い予知能力を持つノラにゾラは心ひかれた。自分の後継者はノラしかいないとロンプーの地で思っていた。そのノラに再び会うことが出来るのだ。自分の後継者などという些細な問題は横に置いても、その強い予知能力を持つ人間に出会えたことがゾラにとっての喜びだった。他人を知って己を知るというが、正にゾラとノラの関係を物語っているようだった。

ゾラは待った。国王は中々忙しい人間で、時間通りにゾラの待つ部屋へは来なかった。ゾラは持参した予言の書を紐解き、パラパラと前の頁をめくっていた。そして、何とあろうことか、以前の予言の書にノラらしい人物に対する予言が残っていた。ゾラは喰い入るように読み返した。

「ノラはセレンの実を食べる運命なのだ。」

一気に読み終えたゾラは叫んだ。そして、間髪を入れずに国王が部屋に入ってきた。

「何を叫んでいるのだ。ゾラ。大きな声を出してびっくりするじゃないか。」

「国王。わしには分かったのじゃ。全てが。わしの予言の書に出てくるセレンの実を食する人間が。」

「セレンの実。予言の書。一体どういうことなのだ。話してみろ、ゾラ。」

「わしには分かったのじゃ。全てが。ああ、何と愚かだったんじゃ。予言の書に全て書いてあったというのに。ノラに悪いことをした。ノラと別れるべきではなかった。」

「一体、どういうことなのだ。ノラとは誰だ。話してみてくれ。」

「モロイが危機に見舞われるぞ。そして、セレンの実を食べたノラが救いに来てくれるのじゃ。その後、子供を一人産み落としその子はモロイの後継者じゃ。全てノラ一人がこの国の問題を解決するのじゃ。」

「何ということだ。ノラと申す人間が一人でこの国の問題を解決してくれるとは。信じられん。」

「わしの予言に嘘はない。必ず当たる。」

「後継者の問題はそのノラとやらが産んだ子供ということだが、差し当たってモロイの危機とはどういうことだ。ゾラ。」

「それは後で申す。今はノラの無事を祈ることだけさせてほしい。」

「ノラの無事とは。」

「うむ。ノラはラバルの戦士に恋をして、その相手を捜している。しかし、わしの予言では相手は死んでしまうのじゃ。ノラは深い悲しみに襲われ、この地上をさ迷うのじゃ。危険な目にも合う。無事にモロイへ辿り着けるか、非常に低い確率でやってくるのじゃ。運命とはそういうものじゃ。それを思うと、祈らずにはいられん。」

「私にはよく呑み込めないが、モロイを救ってくれるノラとやらの無事を、私もゾラと一緒に祈ろう。」

「そうして下され。一人で祈るより、二人で祈ればその力は倍となって通じるはず。祈るのじゃ。」


ラバルではライルが熱を出して、サラがその指揮を取っていた。ラバルの痛手は大きくなかったので、ライル抜きでも数日のうちにその戦力を回復した。そして、秩序を取り戻していた。

「ライル。熱はどう。」

「サラか。気分はまあまあだよ。それよりヤーバンのあの女はどうなったのだろう。我々を逃がして大丈夫なのだろうか。」

「そんな済んだこと病床で考えることないわよ。それよりも、ラバルの戦力は回復したわ。後はあなたが体力を回復して、その指揮を待つだけよ。」

「ラバルか。僕にはどうしてもラバルより、ヤーバンの女が気掛かりで。」

「そうね。ただで済むとは到底思えないけど、他の種族のことだし。私達の命の恩人ではあるけど。」

「もう一度会いたいんだ。」

「そうね。助けてあげられたら助けてあげたいわね。」

「もう一度、ヤーバンを捜そう。」

「何言ってるの。ヤーバンは手強いのよ。好戦的だし、あの女のことは締めて。」

「締めないよ。僕の全身全霊をかけて守りたいんだ。」

「だめよ。今は体力の回復が急務よ。そんな体で戦っても、敵にやられるのが精一杯よ。」

「じゃあ、どうすればいいんだ。」

「我慢するしかないわ。全て我慢よ。」

ライルとサラの交渉は決裂した。ライルはそっぽを向いたきり、口を開かなくなったし、サラもお手上げといった風に、部屋から出ていってしまった。ライルは一人部屋に残され、恋慕の情でヤーバンの女を恋しがった。何をどうして良いか分からず、空回りするばかりだった。悶々とした日々がもう数日続き、ライルが体力の回復をみると、ヤーバンに対する憎悪が増していった。ヤーバンの女には会いたいが、もう既に殺されているかも知れない。危険を冒してまで会いに行くのだから、絶対に生きていてほしい。それなのにヤーバンは手強き、非情な種族と最近では評判だ。どうしたらヤーバンの女に無事に会えるのか。ライルは考えた。やはり、戦力を増強してまずヤーバンに勝つしかなかった。ヤーバンに勝つことがあの女に会える唯一の手立てのような気がした。ヤーバンに勝たねばならない。そして、ライルはヤーバンの女に思いを告白しなければ、死んでも死にきれないような思いで一杯だった。頭の中の方程式は出来上がった。後は実行に移すのみだった。

しかし、サラが足かせだった。サラはヤーバンとの戦いには非協力的で、ヤーバンの女のことをライルから取り除くのに懸命だった。自分はライルを愛しているのにラバルを危険に晒して、ヤーバンの女に会いたいなどとは言語道断だった。自分の存在をすっかり忘れているライルに、その存在をアピールする為には断固反対するしかなかった。ヤーバンの女がラバルの恩人であることは十分分かっている。しかし、だからといって再びラバルを危険な目に合わせることは出来なかった。

二人の対立は続いたが、周囲の人間は戦力を補強することには好意的だったので、ライルは味方を得たようにサラを退けた。サラはラバルの中で孤立していった。だが、自説を曲げるわけにはいかないと思った。しかし、それはヤーバンがノラに出した追っ手に見つかり、奇しくも崩れてしまうことになった。

ノラに対するヤーバンの追っ手が、何とラバルの要塞船を見つけてしまった。ヤーバンとしては逃げたラバルを追わないと決めていたが、みすみす目の前にしてその獲物を逃すわけにはいかなかった。ラバルを見つけたヤーバンの戦士はすぐさまヤーバンの要塞船に取って返し、ヤンにそのことを伝えた。

「何、ラバルがいただと。」

「はい。ヤン様。」

「ラバルのおかげでノラが出奔してしまったのだ。憎っくきラバル。今度こそ皆殺しの目に合わせてやる。全員出撃だ。」

ヤンは怒りに任せて出撃の号令を出してしまった。ヤーバンはその支柱であるノラがいなくなり、その噂は瞬く間に伝わり揺れていた。その中での出撃命令だった。しかも相手はノラが逃がしたラバル。ラバルを敵に回して皆殺しにすれば、ノラの怒りに触れヤーバンがどうなるか分からないと、皆が思っている最中の出来事だった。他の種族に対してなら敵なしだが、ラバルにだけは腰が引けるのを皆が感じていた。

ヤーバンが総攻撃をかけてきたという情報は、一早くラバルにも伝わり、すぐに反撃に出た。ライルはヤーバンの女が無事なのを祈りながら戦った。皆に命の恩人を救い出せという檄《げき》を飛ばしたのが功を奏したのか、前回とはまるで立場が逆転したかのような戦いぶりで、ラバルは勝利した。

しかし、ライルが流れ弾に当たり瀕死の状態であった。そして、一方のヤンは戦況の不利を一早く察知して逃げてしまった。

「ライル。死なないで。」

「もう僕はダメだ。ヤーバンの女に一目会いたい。」

「ヤーバンの女はノラといってもうヤーバンにはいないそうよ。」

「そうか、助かったのか。良かった。」

ライルはそう安堵すると静かに息を引き取った。最後までノラに対する情熱を燃やしながら。サラは涙したがすぐに立ち直り、戦いの後処理をして周囲からの勧めもあり、ラバルの女長になった。戦いは愛する人がいなくなっても、尚続くとサラはその腹に覚悟を決めていた。ライルの遺体は約束の地キーンズに弔うことにした。

ベロニカは焦っていた。その愛人シーザーがモロイを出ていってしまい、国王とはシーザーの密告があってから今一つ上手くいっていない。邪魔な国王を暗殺してしまいたいのに、誰も手を貸してくれる者もいない。このままでは地獄だと思い、思い余って自分の手を汚そうかと企んでいた。

「ねえ、国王。モロイを捨てて私と二人旅に出ない。」

「それは、赤ん坊が見つかったらすぐにでも国王の座を捨て、お前と旅に出るさ。」

「赤ん坊が見つかったら二人の仲はもう終わりよ。」

「何だと。」

「別に。独り言よ。赤ん坊が見つかったら、大切に育てて立派なモロイの国王にしなくちゃならないわ。」

「うん。そうだな。」

二人のとりとめのない会話は一晩中続いた。モロイの国王が寝たら首を締める手段を考えていたのに、中々寝てくれずベロニカの方が第一弾は参ってしまった。やはり、首を締めることよりも、毒殺にしようと第二弾は心に決めた。

「ねえ、国王。私の浮気の話などまさか信じてなんかいないわよね。」

「もちろんだ。」

「でも、最近ちょっと様子が変よ。」

「そうかな。私としてはいつもと変わらないのだけど。」

「ううん。絶対変よ。赤ん坊探しで気が参っているのかも知れないわ。」

「そうかな。自分としてはそう感じないが、お前が言うのだからな。」

「そうよ。これは元気の出る青汁よ。これを飲めばすぐに良くなると思うわ。」

「私は青汁は飲まん。そんな物は好きじゃない。」

「そんな駄駄っ児みたいなこと言わないで。これさえ飲めば元気になれるのよ。」

「じゃあ、ベロニカ。君が飲め。君が飲んだら、私も飲む。」

ベロニカの意図は完全に失敗した。ベロニカはその青汁を飲むことも、飲ませることも出来ずに国王の部屋を去った。第二弾が失敗に終わると次の第三弾は、手っ取り早く銃で寝込みを襲う計画を練った。

ベロニカは国王の寝室に入ると隠れそうな場所を探した。丁度ベッドのカーテンの裏に目をつけるとその身を隠した。国王は中々寝室に入ってこなかった。だが、ベロニカは銃の引き金を引いたまま、すぐにでも撃つ体勢でいた。半時もした時だった。寝室に入る物音がしてベロニカはその体を硬直させた。その瞬間足がベッドの角に当たってしまい、ちょっとした音が立ってしまった。

「誰かいるのか。」

国王はそう呟くと踵を返して寝室から去ってしまった。ベロニカは失敗したかと一瞬ちゅうちょしたが、気を取り直して静かに国王が入ってくるのを待った。国王はしばらくすると再び寝室に入ってきた。灯りもつけずに、差し込む月の光だけを頼りにベッドに入った。ベロニカはすぐには行動を起こさなかった。一人静かにその時を待った。国王がしばらくして寝息をかき出すと、ここぞとばかりに銃口を向け、ぶっぱなした。

ヤンは暗闇でもがいていた。髪は逆立ち、顔は鬼の形相でノラの前に仁王立ちしていた。だがノラはするりとその壁をすり抜け、立ち去っていく。追っても追ってもノラは逃げるばかりで、一向に立ち止まろうとしない。その背中をつかまえそうになるが、絶対につかむことはなかった。永遠に追いかけっこが続き、ヤンはもどかしさで一杯だった。

悪夢から覚めるとヤンは周りを見回した。数人の側近しかいない。船もジェットボードもなく、命からがらラバルとの戦いから逃げてきたのだった。ノラはおらず、ヤーバンがなんとあの弱小ラバルに負けるはめになるとは。思いもよらぬことの連続でヤンは参っていた。もう自分がこの世の王になるなどとは想像する気さえ失せていた。これから先どうしたら良いのだろうと思っていた。砂漠の夜は冷たく、今までの行いを省みるのには絶好の場所だった。

「負けるとはこういうことなのだ。無一文になり、仲間もいなくなり、自分の存在さえ危うく、微小になることなのだ。こんな屈辱は初めてだ。ノラさえいてくれれば、こんなことにはならずに済んだ。どうしてノラはラバルを逃し、出奔し、ヤーバンを裏切ったのだ。今の私にはノラを探すことなど出来ないが、必ず勢力を盛り返してノラを探す。そして、憎っくきラバルを皆殺しにしてやる。私は再び世界の王を目指す。私こそが世界の王にふさわしく、それを成し遂げることが出来る唯一の人間なのだ。」

ヤンはそう月に誓うと側近達を起こして急ぐ心で旅に出た。当てのない旅ではなかった。パンの弟がアーリンという種族の長に収まっていて、助けを乞うつもりだった。長のスンは腹黒い男でヤンの成功を妬んでいたが、ヤンの器量は買っていた。だから、使えるヤンがアーリンに来れば自分も長として鼻が高いし、アーリンも強くなると常日頃思っていた。ヤンは腹黒さは分かっていながらも、頭を下げるつもりでスンの率いるアーリンを探し続けた。

やっとめぐり合ったのは三日三晩飲む物も飲まず、食べる物も食べないで探し回った末の出来事だった。スンは何ごとがあったのかとすぐに会ってくれた。しかし、ヤン達の疲れはピークに達していて安易には話が伝わらなかった。だから、スンは話を後回しにしてすぐに食べ物と寝床を用意してくれた。ヤン達は頭を垂れると一目散に寝床へ駆け込んで、ぐったりとなり、何事もなく平和で真険な顔をして寝込んだ。そして、二十四時間寝込んだ後、むっくりと起き出してがつがつと食事を摂り、その胃袋を満腹にした。すると、スンがこれで落ち着いただろうと思い、ヤンに話しかけてきた。

「安心したか。」

「はい。本当にありがとうございます。」

「うん。で、どうしたというのだ。訳を話してくれ。」

「はい。ヤーバンが負けたのです。」

「何だと。あのヤーバンが負けたのか。」

「そうです。あのヤーバンが負けてしまったのです。」

「一体どいつがヤーバンを負かしたのだ。」

「ラバルという小さな種族です。一度は負かしたのですが、決して油断した訳ではないのです。なぜか負けてしまいました。」

「では、命からがら逃げてきたという訳だな、ヤン。」

「はい。仰っしゃる通りです。」

「長のパンはどうしたのだ。捕まったのか。それとも命を落としたのか。」

「命を落としました。長として立派な最後でした。」

「そうか。兄が死んだか。まだ早すぎる死だ。」

「私の許嫁のノラが行方不明になりました。」

「ノラだと。あの不思議な女か。女の一人や二人、また新しい女を見つければ良いではないか。」

「私にはノラしかいません。」

「お前はまだ若い。女など星の数ほどいるのだから、気長に別の女を探せ。」

「ノラを探して下さい。」

「だめだ。女一人の為に動くわけにはいかない。」

「ノラは私の宝です。」

「ノラはともかく、パンの仇討ちをせねばなるまい。そのラバルとかいう奴らを倒して、パンの怨念を晴らさなければな。」

「ラバルは弱小です。すぐに降伏するでしょう。」

「なら良いが。何せ、ヤーバンを負かしたのだからな。」

「アーリンなら勝てます。何なら私がその指揮を取りましょうか。」

「そうだな。その方がパン兄さんも喜ぶだろう。その時は頼んだぞ。」

「はい。分かりました。」

ヤンはいつもの快活さを取り戻すと、しばらくはノラのことを忘れようと心に決めた。スンはノラの威力を知らないのだ。知ればノラを探して見つけ出し、自分の物とするだろうことはその腹黒さからいって、容易にヤンにも想像がついた。だから、アーリンを自分の物にするまでは、ノラのことについて騒ぎ立てないように、逸る気持ちを抑えて自分に言い聞かせた。

その日のうちにスンはアーリンの皆を呼び寄せ、ヤーバンの仇討ちの旅に出る旨を伝えた。何とヤンに都合良く、その場に立ち会わせて、皆に紹介までしてくれるではないか。ますますヤンはその胸に期待を膨らませた。

次の日、スンはアーリンの皆を従えて出発した。ラバルを探して当てのない旅に出た。ヤンがその指揮を任されていることも、アーリンの皆は昨日のスンの言葉で知っていた。ヤンは意気揚々と敵を探しまくった。どんな弱い相手にも全力でぶつかり、勝たねばなるまいと思った。勝ってどんどんとその味方をアーリンから増やさねばならない。そして、最後にスンに止めを刺し、その立場を奪わなければならなかった。ラバルに勝ったところで自分がヤーバンにいた時と同じような陽が当たる立場に、アーリンでなれる術もなく、スンを倒すのが端からの目的でアーリンに来たのだった。

「前方に船が見えます。」

「出来れば戦力を落としたくない。迂回しろ。」

「大丈夫ですとも。私にお任せ下さい。戦力を落とさずとも勝って、アーリンの戦力を増やしてご覧にいれます。」

「本当か、本当なら嬉しいが。でも、ヤン。お前の指揮を取っているのはヤーバンでなく、アーリンなのだぞ。ヤーバンとは少々勝手が違うと思うのだが。」

「それは十分承知しています。承知の上で話しているのです。」

「そうか。分かった。では頼んだぞ。お手並拝見だ。」

ヤンはスンに了解をもらうと、すぐさま自分の側近であり、ヤーバンの精鋭戦士だった者達を呼び集めた。

「今日、アーリンと皆を引き連れて出撃する。一兵たりとも減らすことがあってはならない。逆に増やして戦いを終わらせるつもりで戦ってくれ。」

ヤンはそう言うと戦略会議をアーリンの戦士達も呼び集め開いた。敵の要塞船は小さかったが気を弛めずに、綿密な計画を練り上げると皆でその勝利を確信し合った。いざ出陣となるとヤンも気を引き締めた。戦いはアーリンの圧倒的勝利で終わり、敵のダメージを最小限に留めた。だから戦士の頭数は増え、その装備もほぼ手中に収め、ヤンは万々歳だった。これでスンに少しは大きな顔が出来ると思い、喜び勇んでスンに勝利の報告を告げに行った。

「スン、今回の戦いはアーリンの大勝利でした。一兵たりとも失わず、逆に兵、装備共増やしました。」

「そうか。皆も喜ぶだろう。よくやった、ヤン。」

「はい。ありがとうございます。先のことは分かりませんが、この調子ならヤーバンに匹敵する位強くなるでしょう。」

「お前の力にかかっている。この調子で頑張ってくれ。」

スンはことの他、上機嫌でヤンも胸をなで下ろした。だが、スンは頭の機転が利く人間だから、ヤンが少しでもミスを犯せばすぐさまそのミスに乗じて、ヤンを落とすだろう。油断してはいけないと思い、ヤンは笑みを殺して平静を装った。

そして、ヤンはその旅で次々に勝利を物にしていった。兵を増やし、装備を固め、アーリンを強くして皆の信頼までも勝ち得ていった。戦いに関してはヤンは百戦練磨の強者だった。戦略もその行動力もずば抜けていた。まして、優秀な兵士が揃っているアーリンで頭角を現さないはずがなかった。

そして、旅は続いた。ラバルには中々お目にかかるチャンスがなかった。どこへ行ったのかは皆目見当もつかず、ノラのことを気に留めるも何も出来ず、悶々と戦う日々がヤンにとっては続いた。ラバルに対するパンの仇討ちなどと古めかしいことを言い続けるスンが、次第にヤンは疎ましくなってきた。アーリンでの絶大な信頼を勝ち得たヤンはアーリンに来た頃と違って、その自信と誇りまでも取り戻していた。ヤーバンに代わりアーリンで世界の王になるという夢を膨らませ始めていた。だから、ヤーバンでしたことと同じことをアーリンでもと思っていた。そう、スンを暗殺する計画をその胸に一人練っていた。

「スン、今日も勝ちました。一兵たりとも殺さずに。」

「そうか。早くラバルに出会いたいものだなあ。今のアーリンならどこが敵でも負けないという気になってきたぞ、ヤン。」

「はい。」

「お前は賢い。そして、実行力もある。きっとアーリンを背負って立つ人間になれる。」

「はい。ありがとうございます。」

「でも、油断はするな。いつ、どこで、人間どう転ぶか分からん。まあ良い。今日は私と一緒に酒でもどうだ。たまには息抜きが必要だ。」

「はい。喜んで。」

ヤンはチャンス到来と思った。もう、うんざりだった。スンの操り人形は。ここで自分がやらねば、一生スンのお守り役だと思った。ヤンはいつもポケットに隠し持っていた毒薬を、スンのワイングラスへそっと落とし入れた。スンはヤンとは既に信頼関係が出来上がっていると思い込み、無防備にヤンに渡されるまま、ワイングラスを一気に飲み干した。

二人きりだった。二人きりの秘密だった。スンはその場に倒れた。

「誰か。誰か、来てくれ。」

ヤンは近くの者を呼び集めた。スンの部屋に数人入ってきた。皆一様に何が起きたのか呑み込めないでいるという様子だった。

「スンが病気で亡くなった。」

「それはどういうことですか。」

「スンが亡くなったのだ。持病の心臓発作だ。私しか知らされていない。アーリンの皆を至急集めてくれ。このことをすぐに知らせ、キーンズに埋葬に行く。」

キーンズは病気で亡くなった人間を一堂に埋葬する土地だった。戦いで亡くなった者達は野ざらしだが、病気で亡くなった人間は丁重にキーンズの地に埋葬された。ヤンは慣習に則り、スンの亡骸を葬るつもりだった。だから間髪を入れずに、すぐさまキーンズへ向かった。アーリンの権力を携えて。


ノラはロンプーを出発し、東を目指して旅に出ていた。急ぐ旅でもなかったので、途中途中で町々に立ち寄り、その新鮮な空気を味わった。こんなにも色んな世界があるのかと思い、それまでの自分の世界がいかに小さい物だったかを実感していた。そして、着くとはなしにキーンズの地に気がつけばいた。

キーンズの地はやせた土地の中でも特にやせていた。緑は一つもなく、赤土がむき出しになっていた。死人を葬るのには最適で、あちこちにリンが吹き出していた。そのリンが夜になると青光りして、幻想的な景色を醸し出していた。泊まる所もなかったが、比較的温暖で野宿をするにも別段苦にならなかった。ノラは一晩ここに泊まり、その地を後にするつもりだった。パンの遺体が葬られているのではないかと、ちょっと興味を覚えたが、探してもなかった。だから、ヤーバンで見知っていた人達の墓に手を合わせると、後にしようと思っていた。

しかし、ノラがキーンズをしばらく歩いていくと、見知っている人間の集団がいるのに気がついた。それはラバルの人達だった。ラバルの人達は誰かの墓に向かって、手を合わせていた。誰の死かは分からなかったが、ノラも自然と足が向き、その場に居合せ、手を合わせた。ノラの居場所は一番後ろの方であったが、葬儀が終了すると皆一様に涙を拭った。ノラもつられて涙を流した。つられて涙を流したのか、旅の疲れかはノラ自身にも分からなかった。

「ヤーバンにいた、ノラ様ではありませんか。」

「はい。私はノラです。」

「やはり。そのお顔を見忘れるはずがありません。」

「私は決して邪魔をするつもりはないのです。ただ、こうして一緒に手を合わせていたいだけなのです。」

「ライルが喜ぶわ。」

「ライルというのですか、この葬儀の方は。」

「はい。これはラバルの長であったライルの葬儀です。」

「長が亡くなられたのですね。」

「はい。今は私が長です。申し後れましたが、私はサラといいます。ヤーバンではとても親切にして頂いて、死んだライルや皆があなたのことを命の恩人だと思っています。」

「そんな大それたことはやっていません。それよりも、こんな席で大変失礼なのですが、ヤーバンに捕まった時サラの近くにいた若い戦士はどこの誰なのでしょう。とても会いたいのですが。」

「もうそれは叶いません。私の側にいたのは死んだライルです。」

「ええっ。」

「あの後ライルはヤーバンとの戦いで、流れ弾に当たり死んでしまいました。ライルもノラ様にとても会いたがっていました。すごく残念ですが、今はあの世の人です。」

「ライルも私に会いたがっていたのですか。」

「そうです。私は許嫁ですが、それ以上にあなたを想っていたようです。」

「そんな。」

ノラは絶句した。顔色が悪くなるのも自分で感じられた。折角、探していたラバルの戦士。だのに一目会ったあの時が最初で最後の別れになるなんて。ノラは涙することも忘れてその場に腰を沈めた。サラはその様子を見て取り、全て分かったかのようにノラを優しく介抱した。ライルの死に対する同志のようにサラは思い、ノラをラバルに迎え入れたいとまで思った。

「ノラ様。大変失礼ですが、行く当てはあるのですか。」

「私の行く当てはたった今なくなりました。行く当てどころか、唯一の希望の光も閉ざされてしまい、今は真っ暗闇です。」

「そうですか。ライルが愛したラバルで、その心をお安めになりませんか。そうすれば光も射してくる時もありましょう。皆で歓迎いたします。」

「どうもありがとう。」

「皆でライルの昔話をしてご覧に入れます。きっと心の慰めになるでしょう。」

ノラはサラの申し出により、ラバルの要塞船に引き揚げ、その晩はラバルから絶大な歓待を受けた。サラは出来る限りのもてなしでノラを迎えてくれた。料理や寝る所、話の話題までも吟味して、細心の注意を払いラバルの恩人を歓迎した。ノラも一時その悲しみを忘れるくらいに気が晴れた。食事から寝るまでサラ達のライルの話に興味を注ぎ、まるで愛しい人の情報収集を楽しんでいるかのような錯覚に陥った。その悲しみが沸き出てくるのは寝所に入って、一人になってからだった。

ノラは天空に広がる星々を眺め、地上に広がる青光りした荒野を見ると、また一人になってしまったと思い、涙が自然とこみ上げてくるのだった。外に広がる風景はどこか優しく、大きく美しいのに、どうして自分の心が荒んでぽっかりと穴が開いてしまったのか分からなかった。さっきまであんなにライルのことに夢中になっていたのに、どうしてライルはこの世にいないのか、自分で気持ちの整理が出来ずじまいになっていた。こんなに愛しているのにどうして成就できないのか。ノラは嫌になるまで側にいたかった、と思った。

嫌いになれれば忘れられたのに。もうライルを忘れることなど不可能のように思えた。そんな思いでノラは一夜を眠れずに過ごした。

「ノラ様。昨夜はどうでしたか。眠れましたか。」

「サラ。どうもありがとう。でも、眠れなかったわ。」

「ラバルで一番良いお部屋を用意させて頂いたのですが。」

「いいえ。違うの。部屋は最高よ。ベッドもふかふかだし、調度品も素晴らしいわ。唯ライルのことを考えるとどうしても眠れなくて。」

「そうですか。私も最初の頃はライルがいなくなった不安で眠れませんでした。今もあまりよく眠れません。でもそれは時が全て解決してくれること、と思っています。ノラ様も早くそんな悟りの気持ちになれると良いですね。」

「そうね。早く心の整理がつくようにしたいけど、今はだめ。心が空っぽになってしまったわ。」

「気を落とさずに、ラバルに居てくれれば皆があなたを歓迎します。どうぞお好きなだけ居て下さい。」

「どうもありがとう。お気持ちだけ頂いとくわ。私は旅に出ます。ラバルにいるのはライルの想い出が一杯詰まり過ぎていて辛い。ここではライルへの想いが断ち切れないわ、いつまでたっても。」

「そうですか。そんなにライルのことを。たった一晩、それとほんのちょっとの間しか出会っていないのに。ライルもノラ様と運命を感じたようで、その後ずっと夢現つのようでした。」

「そう。私もなの。ライルと運命を感じたからこそ、ラバルを逃がしライルを追ってヤーバンを出たの。それなのに。」

「そういうわけだったのですか。それでも気を確かに持って生きていって下さい。」

「ありがとう。朝の食事が済んだら出発するわ。」

ヤンは少し焦っていた。ことを少し焦り過ぎたのではないかと不安を感じ始めていた。満を持して行ったつもりであっても、ここはヤーバンではなくアーリンだ。昔から見知っている連中ばかりじゃない。気心の知れているのはヤーバンから一緒に逃げてきた数人の側近だけだ。信用出来る人間は限られている。誰に本当のことを話せば良いのだ。ヤンは慎重にならねばいけないと思っていた。だから、キーンズの地にラバルを見つけても容易に動こうとしなかった。

「ヤン様。ラバルです。ラバルがすぐそこにいます。」

「分かっている。」

「では、なぜ攻撃しないのですか。」

「攻撃しないわけではない。キーンズに来たのはスンを葬る為だ。戦いに来たわけではない。しかし、目の前にラバルがいる。どちらを先にするかの問題だ。」

「スン様の葬儀を先にしたら、ラバルは行ってしまいます。そうなるとまた長期戦になります。ラバルへの攻撃を先にすれば短期決戦となり、アーリンが勝利するでしょう。何せラバルは弱いのですから。」

「それも言わずとも分かっていることだ。」

「それではなぜ攻撃しないのですか。」

「攻撃しないとは言っていない。今すぐにでも攻撃する心構えは出来ている。ここはヤーバンではない。アーリンだ。一兵たりとも殺さず、兵を増やすのがアーリンのやり方なのだ。」

「分かりました。皆で戦略を練りましょう。」

「うん。そうしてくれ。」

ヤンは上手く側近を誤魔化すと胸をなで下ろした。今は戦いよりもスンの葬儀を無事終えて、アーリンの長に名実共になることが大切だ。スンの死が暗殺であっては決してならない。あくまでもスンは病死でなくてはいけないのだ。ヤンは心に強く念じながら、一人部屋をさ迷い歩いた。


「サラ様。大変です。キーンズの西方に要塞船が隠れて、こちらの様子をうかがっております。」

「何。どこの要塞船か分からないの。」

「アーリンのものと思われます。」

「アーリンといえば手強い好戦的な種族ね。」

「そうです。今のところ攻撃してくる様子はありませんが、どう致しますか。このまま逃げますか。それとも打って出ますか。」

「分かったわ。皆にはいつでも攻撃出来る準備をしとくよう伝えて頂だい。私はノラ様に予言してもらうわ。ラバルの一大事よ。」

サラはそう言い終えるや否や、すぐさまノラの元へと向かった。ヤーバンの捕虜達から、ノラの予知能力はサラも聞いていた。だから、この一大事にノラの助けを乞うつもりになっていた。

「ノラ様。ラバルの一大事なのです。どうか助けて下さい。」

「どういうことなの、サラ。」

「はい。アーリンがすぐ側にいるのです。アーリンといえば攻撃力も強く、好戦的で知られている種族です。だから、多分攻撃してくると思われます。逃げたら良いのか、打って出たら良いのか、お告げをして下さい。」

「分かったわ。今日はサラは絶好調よ。でも、相手は強いわ。それでもサラ達の方が覇気では上よ。勝つと信じて戦うのがベストだと思うわ。」

「分かりました。全力でぶつかります。」

そう言うとサラはノラの部屋を立ち去り、ラバル全軍に号礼を発した。アーリンに戦う意志はまだ見られなかったが、先手必勝と考えサラは戦いに臨んだ。戦いはさすが強者で知られるアーリンだけあって、戦力を補強したラバルでさえも容易には落とせなかった。しかし、態勢が少しずつラバルに良くなるにつれ、アーリンは戦況不利と見たのか、その戦力を温存したまま退散してしまった。大勝利とはいかなかったが辛勝といった具合だった。

ヤンは自分の意志を通せなかったことに腹を立てた。何故、自分の意志を通して戦わずに逃げなかったのか。一兵たりとも殺さない為には、いくら弱小ラバル相手でも、もっと細心の注意を払わなければいけなかった。でも、アーリンの今までの戦いがラバル相手にあそこまで苦戦するとは、ヤンならずともアーリンの誰もが思わなかったことだった。ラバルがそれまでと一変したことは、誰の目から見ても明らかだった。

「ヤン様。なぜ、ラバルが強くなったのでしょう。」

「私にも分からない。しかし、このアーリンと互角以上の戦いをするのだから、ラバルは手強くなった。パンの弔い合戦をやるのなら、本当に心してかからないとだめだ。」

「一時退散したと見せかけて、ラバルが油断した頃合いを見計らい、今一度ラバルに戦いを挑みましょう。」

「そこまでしなくても良い。もう十分だ。それでアーリンがやられたら元も子もないだろう。」

「それではこのまま、ラバルの好きなようにさせておくのですか。」

「そうだ。ラバルのことはもう忘れろ。ラバルのことよりも、今のアーリンのことが大事だ。足元を固めなければならないのだ。ラバルはそれからでも良い。今は、スンの葬儀を無事に終えることが肝要だ。」

ヤンはそう言い残すと側近達を遠ざけた。側近の中にはヤンの言葉に不満をもらす血気の多い者達もいたが、大方はヤンに従った様子で部屋を立ち去った。一人残されたヤンは、自分の非力とノラがいた頃の安心感を思い、窓の外を眺めながら歯ぎしりした。


ノラは戦いがラバルの勝利に終わるのを見届けた。自分の予言通りに勝つのを見た満足感と、その中にヤンやらその側近達の姿を発見した驚きが、心に渦巻いていた。サラ達に何と言葉をかけて良いのか分からないほどだった。

「ノラ様。ノラ様の予言通り勝ちました。ありがとうございます。ノラ様の予言が皆の勇気を鼓舞してくれました。ノラ様の予言は必ず当たると信じていました。」

「良かったわね。本当に。」

「どうしたのですか。浮かない様子ですが。」

「予言が当たったのは、私もとても嬉しいわ。でも。」

「でも、とは。ラバルの中にヤーバンの長ヤンが、アーリンの中にいたと報告がありました。まさか、ノラ様もヤンを見たのではありませんか。」

「そう、やはりヤンだったのね。あれはヤンやその側近達に間違いないと、私も思ったわ。ヤンが生きてアーリンにいるなんて。」

「アーリンにどうしてヤーバンの残党がいるのでしょう。」

「アーリンとヤーバンの長は兄弟なのよ。ヤンにしてみたら叔父に当たる人が、アーリンの長だからきっとヤーバンを追われて、アーリンに助けを求めたに違いないわ。」

「では、これからラバルはアーリンに追われることになるのですか。」

「それはないと思うわ。でも必ず決着をつけずにはいられなくなるわ。」

「ノラ様がそう仰しゃるなら、その時の為に準備をしておきましょう。」

「サラ。今まで良くしてくれてどうもありがとう。私はこのまま旅に出ます。ラバルにはいられないわ。」

「どうしてです。まだその辺りにアーリンが潜んでいるかも知れません。ヤンはあなたを追っているのかも知れないのでしょう。」

「それでも私は行くわ。」

「ラバルにいればその身は安全です。」

「一人くらいの人間なら、アーリンも見落とすわ。だから大丈夫。私は東を目指して旅を続けるのよ。そして、ライルの復活を信じるわ。」

「ライルの復活ですって。」

「そうよ。ライルの復活よ。」

「死人が復活するわけがありません。ノラ様、お気を確かに。」

「私の気は確かに。大予言者ゾラ様のお告げよ。ライルは必ず復活するわ。」

ノラはそう言い切ると呆然とするサラに別れを告げ、ラバルを後にした。アーリンの幻影に怯えながらも先を急いだ。東を目指せばきっと、ライルの復活につながっていると心に鞭打った。先のことなど全く分からないが、しかし夢と希望は持ち続けたいと、願わずにはいられなかった。

そうこうして先へ進むにつれて、アーリンやヤンに追いかけられているという不安感も薄れ、また旅を楽しむ余裕も生まれてきた。そして、ノラは小さな町に宿を求めた。

町に一軒しかない宿屋に身を預けると、一気に寛いだ。解放感が訪れ、一人しかいない部屋で涙が込み上げてきた。そして、ライルの死、当て所のない旅をしなければならない我が身上を想い、とめどなく込み上げてくる熱い雫でたまらなくなった。誰を頼ればいいのか、どこへ行けば良いのか、そして、誰を愛せば良いのか全く分からなくなった。しかし、生きねばという思いも沸き上がってきていた。そう、ライルの復活をどこかで信じていたのである。大いなる予言者ゾラの予言が外れるわけがない。失望と悲しみの中でも希望は残されていた。

ノラは一晩泣くと、翌朝はすっきりとしていた。くよくよばかりしていられない。ライルの復活を信じて旅を続けるのだ、とノラは心に強く念じていた。

宿屋を出ると見る風景もないこの町を後にしようと思ったノラは、最後に朝のコーヒーを一杯飲もうと思い、店に立ち寄った。店の中は閑散としていて人が二、三人しかいなかった。ノラは一番端に座るとコーヒーを一杯注文した。

「東のポリスで戦士を集めている人がいるそうだ。」

「この世の中、戦いが多くて戦士の需要は供給を上回っているからな。俺もいっそ戦士になるか。」

「よせよせ。お前なんか戦士に向いていない。戦いが始まったら真っ先に逃げるタイプだ。」

「冗談はよせ。俺様が戦士ならすぐに将軍様だ。それは置いといて、いくらくらい出すんだ。その戦士を集めている奴は。」

「どうも通常の二～三倍は出すらしい。何分急いでいる様子で、早急に事を構えるつもりらしいんだ。」

「そうか。またどこかで戦いが始まるんだな。いつになったら平和になるのだろう。」

ノラがその席を立ったのは、それから間もなくだった。ノラは平和への思いを強くしながら、東のポリスを目指そうと決めた。方角的にもゾラの予言した通りだし、戦士を集めている人物にも興味を覚えた。もしかしたら、その先にはライルの復活に通じるものがあるかもしれないと思った。ぐずぐずなどしていられない。ノラは足早にこの町を立ち去った。

ポリスへは噂話が今、後にした名もなき町に伝わる位の距離だった。だから、半日とかからず、そして労せずに到着した。そこかしこに戦士が溢れ返っていた。通常の二～三倍のお金が支払われるなら、戦士達にとっても悪い話ではないのだろう。ノラはふとそう考えながら、食事を摂る為に店に入った。入った店はケンカの真っ最中だった。女店主とその子供らしき二人が口論となっていた。

「お前を戦士にするために育ててきたわけじゃない。」

「俺は戦士になって金を嫁ぐんだ。」

「馬鹿言ってるんじゃない。お前はこの店を継ぐんだ。一人息子なんだよ。お前は。」

「俺は俺の生き方をするんだ。親の説教なんて真っ平ご免だ。」

皆が唖然としていた。ノラも最初面喰らったが、慌てずに店を後にした。次の店に入るとやはり戦士達でごった返していた。ノラは荒くれ戦士達からはちょっと距離を置いた席に着くと、隣の老夫婦の会話に耳を傾けた。

「最近はこの町も賑やかになったものだなあ。」

「賑やかになり過ぎですよ。賑やかを通り過ぎてすっかり物騒になったものです。」

「いいじゃないか。ちょっとくらい。」

「良いものですか。町の若い人達は戦士に憧がれ、噂を聞いた戦士達は町に大挙して押しかけ、ケンカをする毎日なのですよ。そのうち、人殺しなんかあるかも知れません。」

「お前は先を悪く考え過ぎる。」

「シーザーとかいう男がいけないのです。この静かな町に最新兵器なんか持ち込んだりするから。」

「まあ良いではないか。目の保養だ。」

「目の保養ですって。とんでもない。この町に災いをもたらすだけだわ。」

「この変哲もない町に、最新の物がたとえ武器でも入ってくるなんて、夢のようだと思わないのか、お前は。」

「あなたとなんか話をしたくありません。」

二人の会話は物別れに終わった。その後は口をきこうともせず、黙ってお茶をすすっていた。

ノラはこの騒ぎの正体がシーザーという男だと分かり、胸の動悸を覚えた。シーザーに会ってみたい。最新兵器を保持し、戦士を集めているシーザーがどんな男かも知らず、ノラは単純に会ってみたいと強く思った。

「俺は戦士になるんだ。」

「そうだ、若いの。戦士になればたっぷり金が嫁げるぞ。」

さっきの店の息子が親とケンカ別れをして、ノラのいる店へ意気揚々と入ってきた。それを戦士達が盛り上げ、息子は有頂点になっていた。

「俺は戦士になる。シーザー様と共に戦うんだ。」

「そうだ。」

「おっー。」

店中が活気づいた。主人公は酒を飲み暴れ出す。それを観客達が嘶し立てる。暴徒と化す人間達。そこに一人の予言者が立ち上がった。ノラだ。ノラは大魔人のように暴徒と化した人々の前に、仁王立ちした。

「子供達よ。静まりなさい。私は予言者ノラ。大予言者ゾラ様の友達。皆に不吉な町、このポリスで起きている事態を説明しよう。」

「何言っているんだこの女は。」

「何が一体全体この町が不吉なのだ。」

「私は予言者ノラ。私の予言は必ず的中する。だから私は言いたい。シーザーの後についていけば、必ずその身を滅ぼす。ついていってはいけない。」

「何だと。シーザー様に悪態をつくのか。この女は。」

「俺達の希望の星。シーザー様。俺達の希望を消すのか。」

「私は予言者ノラ。必ずその言葉通りになる。だから私は言いたい。シーザーの行く末は破滅である。シーザーは破滅への道を突き進んでいるのである。今、ここで止めればその身は安泰である。しかし、進めば破滅が待っている。だからついて行ってはいけないのである。」

「じゃあ、俺達はどうすれば良いのだ。誰についていけば良いのだ。」

「私は予言者ノラ。皆がついていくべき人物はもうすぐ現れる。次を待て。次を待てば必ず成功する。」

「そいつは誰なんだ。」

「俺達はどうすれば良いんだ。」

「我らはシーザー様についていってはいけないのか。」

「私は予言者ノラ。私の言葉を信じなさい。信じれば必ず救われる。私の予言に嘘はない。皆、安心しなさい。必ず救われる時が来るでしょう。」

　暴徒と化した人々が羊の子のように静まり返り、ノラの予言に耳を傾けている。ノラはさっきの親不孝息子にさらに予言を説いて聞かせた。

「あなたは戦士になりたいのですね。でも欲をかいてはいけません。欲をかけば必ずその反動がきます。ですから、欲をかいてはいけません。戦士になりたいのなら、次を待つことです。次を待てば必ずチャンスが巡ってきます。だから、私を信じて次を待ちなさい。」

「俺は今すぐに戦士になりたいわけじゃないんだ。ただ、金に目が眩んで。」

「それなら尚更、次を待ちなさい。親孝行をしなさい。そして、チャンスを待つのです。そうすれば、立派な戦士になれるでしょう。」

「分かりました。ノラ様の仰しゃる通りにします。戦士になることは次を待ちます。そして、親孝行したいと思います。」

ノラは満足した。やっと本来の自分の姿を取り戻したような気がした。自分の生きる道が開けた気分だった。しかし、ノラの野望はそこで終わらなかった。その行く手はシーザーまでも巻き込んで、その予言に従わせようと考えた。

ノラは自分の宿屋に帰って、その晩はぐっすりと寝た。シーザーの夢を見たいと願いながら。

明くる日、ノラの予言は一晩で町中に知れ渡っていた。誰も彼もがノラの予言の真偽を確かめたくて、ノラの居場所を探していた。そんなことには無頓着に朝寝坊しながらのんびりと、ノラは部屋で過ごしていた。そして、ノラとは対照的に一人恐々としている人物がいた。シーザーである。シーザーは自分が破滅へ向かっていると言われ、やはりノラの真偽を確かめたくてノラを探していた。群衆の動きを一早く察知したシーザーは、これ以上皆の心が自分から離れていかぬよう、隠密にノラの行方を追った。

「ノラ様ですか。」

「はい。私がノラですが。何かご用かしら。突然部屋に入って来て。」

「失礼をお許し下さい。私はシーザー様の部下ですが、シーザー様が内密にノラ様にお会いしたくて、お連れに参った次第です。」

「シーザーが私に。まあ、何て奇遇なの。私もシーザーに話がしたいと思っていたところなのよ。」

「では、一緒に参りましょう。」

ノラはシーザーの部下と名乗る人物と一緒に、シーザーに会いに行くことに決めた。シーザーがどんな人物なのか、全く訳が分からなかったが、とにかく会えば答えが出ると思っていた。自分は予言者としてシーザーにその予言を伝えたいと思い、行動している。何ら身の危険などノラは考えていなかった。それ故、ノラは強く心を持つことが出来た。シーザーにどんな返答をされようとも、自分の予言を曲げる気にはならなかった。自分は予言者なのだと強い自覚が生まれていた。

シーザーは部屋にいた。反乱者らしからぬ小忙しい様子だった。落ち着かぬその態度は不吉な予言をしたノラに対する、畏敬の念から生まれてくるらしかった。あちこちと歩き回り、手に取ってはすぐに置き、置いてはまた手にするといった狼狽ぶりだった。

「シーザー様。予言者ノラ様を連れて参りました。」

「うむ。通せ。」

「こちらが予言者ノラ様です。」

「私が予言者ノラです。」

「二人にしてくれ。」

「はい。」

「私がシーザーです。率直に言いますと、あなたの予言で迷惑を被っています。」

「私の予言に嘘はありません。必ず当たります。」

「別にあなたの予言を否定するつもりは毛頭ありません。でも、その予言を続けて欲しいのです。輝ける未来があるシーザーに集えと言って欲しいのです。」

「それは目前に迫っている戦いを思い止めればの話です。目の前の戦いに未来はありません。破滅のみが待っているのです。」

「なぜ、破滅なのですか。」

「破滅だから破滅なのです。決して良いことはありません。今からでも遅くはありません。改心して思い止めるべきです。」

「私には止めるつもりはありません。唯、あなたに私に有利なように予言をして欲しい、と言っているだけなのです。」

「無理を仰っしゃらないで下さい。私にはこれ以上の予言は出来ません。」

「では、命が惜しくないのですね。」

「命は惜しいわ。私は天寿を全うする為に生きているんですから。」

「なら、私の言葉に従って下さい。決して悪いようには致しませんから。」

「私の予言では戦いに向かえば凶、思い止めれば吉と出ています。それ以上のことは言えません。」

「分かりました。あなたのご意見は。では、こうしましょう。あなたは人知れずこの町から消え、行方知れずとなる。そして、あなたの予言は噂話としていつしかこの町から消える。ということでどうですか。」

「私は一向に構いません。私には旅を続ける意志があります。」

「では、私の謎解きに答えて頂きましょう。当たっていたら無事にお帰しする。外れればその天寿は今日限りということです。お分かりかな。」

「良いですわ。全てを天にお任せします。」

「さすが、予言者ノラ様ですな。」

「さあ、早く仰っしゃって下さい。」

「分かりました。では、昔々、遥か古代にスフィンクスという旅人に謎解きをする化け物がいたそうです。若いうちは二本足、年を取ると三本足になる動物は何だと、旅人に話しかけたそうです。あなたなら何と答えますかな、ノラ様。」

「答えは簡単です。私なら人間と答えるでしょう。若いうちは二本足、年を取ったなら杖をつき三本足になるのです。答えは人間です。」

「さすが、予言者。予言者という者は昔から勘の鋭い人を指して、総称して呼ぶのです。正にあなたは予言者だ。」

「分かりました。そういうことにしましょう。」

シーザーは全て分かったとでも言うかのように、愛想良くノラに別れを告げた。ノラは自分の予言が信じてもらえず、合点がいかなかったが、まあ別に良いと思い直して素直にシーザーの言葉に従い、町を人知れず出た。

行く当てがまた一つ消えたノラだった。ゾラの予言通り東を目指したが、収穫といえばライルの死にぶつかった以外なかった。ノラはその信念を変えるつもりはなかったが、ゾラにもう一度会いたくなった。ゾラはもうモロイに戻ったであろう。ならば、今一度モロイを目指し、ゾラに会おう。ノラはそう思った。ゾラに会えば、きっと心のモヤが晴れる。ライルの復活のことを聞こう。ノラは居ても立ってても居られない気持ちになった。逸る心を抑えて一路モロイを目指した。


「ベロニカ様。」

ベッドで眠ったふりをしていた国王の身代わりが、突然起き上がった。ベロニカが正に国王にその銃を向け、指を離す瞬間だった。銃声は空を切った。

「お前は一体。」

「ベロニカ様。そのようなお姿は見たくありませんでした。」

「一体私が何をしたというの。」

「国王の暗殺未遂です。」

そして、銃声に驚いた国王、ゾラ、国王の側近達が次々に国王の寝室に入ってきた。

「ベロニカ、まさかお前が悪魔とは。」

「何ですって、何で私が悪魔なのです。」

「ゾラの予言があったのだ。裏切り者の悪魔が今夜、国王の寝室に現れると。何とベロニカ、お前が悪魔だったとは。」

「国王、違うのです。これは何かの間違いなのです。」

「私もそうあって欲しい。何かの間違いであって欲しい。」

「国王、騙されてはいけません。ベロニカは裏切り者の悪魔なのじゃ。このゾラの予言に嘘はない。」

「うむ。ベロニカを引っ捕えろ。」

「国王、私よりもゾラの予言を信じなさるのですか。」

「仕方あるまい。」

こうしてベロニカが捕えられ部屋から出ていくと、国王とゾラの二人が残された。二人は目を怒らせ殺気立ちながら続けた。

「ゾラよ。本当にこれで良かったのだな。」

「はい。国王。ベロニカはモロイに災いをもたらす人物なのじゃ。この災いはしばらく続くじゃろう。でも、災いを救う人物がもう少しで、モロイに現れる。わしの言葉を信じて、もう少し待て。」

「もう少しというが、どれくらいなのだ。」

「わしにもそこまでは断言できんが、一週間も頂ければ、全貌が分かるじゃろう。」

「そうか、一週間だな。一週間か。分かった。ベロニカの処刑は一週間後に行うこととしよう。市中引き回しの上磔で良いだろう。」

国王がそう言葉を終えると、ゾラは静かに部屋を去っていった。残された国王はぼんやりとソファに腰掛け、それまでのベロニカとの愛を交わした日々を思っていた。だが、夜も静まり返るとはっと我に返り、別の部屋に移っていった。乱れたシーツとカーテンがこの一部始終を目撃していただけだった。

翌朝は静かにことが始まった。ベロニカの申し開きを取り調べ官が丁重に書いていった。ベロニカは興奮する様子もなく、一晩牢獄にいたせいか、覚悟は出来ている様子だった。それまでの女王としての何不自由ない生活から、一転して囚人になった気分がベロニカを支配していた。もう後戻り出来ない、という気持ちがベロニカを更に強くした。

「私が何悪いことしたって言うの。偏屈な国王が皆の邪魔者だから、殺そうとしただけなのよ。私はヒーローよ。」

ベロニカは取り調べ官に毒づいていた。しかし、取り調べ官は平静を装い、この元女王のベロニカに対し至って冷静に、いつもの囚人を取り扱うべくして対処した。ベロニカが毒づこうが嘘泣きをしようが、事は淡々と進んでいった。

国王もこの調書を逐一リアルタイムで読み耽り、ベロニカがもう既に前のベロニカではないことを十分察知した。やはり、諦めの境地に入るしかないと悟った。でも、たった一つでも自分に対する愛情があれば、許そうと思っていたが、ベロニカの調書からは微塵もそれは伝わってこなかった。

ゾラはそんな国王を気の毒に思い、早くモロイから災いがなくなれば良いと思った。モロイのこの災いを救ってくれる人物が、早く現れ自分達を救ってくれればと、気を揉むのであった。ゾラは信じていた。自分の予言が外れるはずがないことを。必ず、良いことも悪いことも当たるのが、自分の予言である。だから、自分は流れに身を任せるしかない。自分の力は微々たるものだと。

そんなゾラの元にノラが六日後に現れた。ノラはライルの死や旅の疲れからか、少々衰弱気味だった。しかし、ノラもゾラの予言を信じて、ゾラの予言が聞きたくて、すがるようにゾラの元に馳せ参じた。ノラはモロイで起きた出来事など知る由もなかった。二人は旧知の友達が会うようにとても懐かしがった。

「ノラよ、よく来てくれた。」

「ゾラ様こそ、私のことを忘れずにいて下さいました。」

「忘れるなどあるはずがない。ノラはわしの大事な宝だ。」

「私も昔ヤーバンという種族にいた時、皆から常にそう言われていました。でも、ヤーバンを離れてからは、そんな言葉は誰も言ってくれません。ゾラ様だけです。そう仰っしゃってくれるのは。」

「何度でも言おう。ノラはわしの宝じゃ。これで良いか。」

「ありがとうございます。これで私も救われたような気がします。」

「今度はモロイをノラに救って欲しいのじゃ。モロイを救えるのはノラをおいて他にいない。」

「どういうことなのですか。私にはさっぱり分かりません。」

「モロイの危機が迫っている。ノラよ、セレンの実を探して食べ、そして進化するのじゃ。そして、モロイを救っておくれ。」

「モロイの危機、セレンの実。一体どういうことなのです。」

「モロイの国王がその妻ベロニカによって暗殺されようとしたのだ。更に悪いことにこの国にもっと悪いことが起きるのだ。その災いからモロイを救うのが、伝説の実セレンを食べる者なのだ。それはノラしかおらん。」

「私が伝説の実セレンを食べてモロイを救うなんて、とんでもありません。私は今愛するライルの死に直面して、モロイを救うなんて大きな夢は見れません。」

「それを言うなノラ。ライルは必ず復活するとわしは予言した。わしの予言に二言はない。」

「ゾラ様の予言を疑うわけではありません。唯、今は愛するライルの死を受け入れられなくて困っているのです。どうか良いお知恵を拝借したくて、ゾラ様の元にやってきたのです。」

「うーむ。ノラに頑張ってもらわねば、この国は滅びてしまう。ライルは復活する。死んではいない。元気を出せ、ノラ。」

「今はどうしようもないのです。自分で自分のコントロールが利かないのです。助けて下さい。」

「分かった。ノラよ。もう一度、ライルに会いに行け。そして、ライルの復活を願うのだ。」

「どこに行けばライルと会えるのですか、ゾラ様。」

「ライルの埋まっている土地だ。ライルが埋められているその地に、ライルの魂が宿っている。ライルはまだその地にいるのだ。わしを信じろ、ノラよ。」

「分かりました。勇気をふりしぼってライルが眠るその地に、願をかけてきます。ライルの復活を信じて。」

「さあ、行くが良い。ノラよ。そして、必ずモロイに帰ってきて、この国を救っておくれ。」

二人は固い握手を交わして別れた。ノラは再びキーンズ目指して旅に出た。ゾラはモロイに残り、その行く末を見定めることとなった。

そして、七日目の午後、ベロニカの処刑が行われることとなった。国王は最後までちゅうちょしたが、ゾラの強力な進言により刑が執行される運びとなった。膨大な群衆が集まり、その実行を首を長くして待っていた。

「ベロニカよ。最後に言っておくことはないのか。このモロイの国王に。」

「別にありません。唯、一言言えるのはあなたをもう愛していないことです。」

「そうか、私もそれを聞いて踏ん切りがついた。今まで悩んできたが、これでもう悩まずに済む。さらばだ、ベロニカ。」

その時群衆に囲まれ、磔にされているベロニカ目指して、シーザーの大軍が押し寄せてきた。国王は何が始まったのかさっぱり分からずに、うろたえた。しかし、すぐにそれがシーザーの反乱軍が押し寄せてきたのだと分かると、怒りの炎を燃やした。シーザーとベロニカの不貞など今まで信じてこなかったが、それが本当だったと感じ、いっそうベロニカが憎くなって、シーザーもろとも生殺しにしてやりたい衝動に駆られた。

しかし、何の準備もしていない国王軍はシーザー軍に追い散らされ、ベロニカをシーザーに奪われてしまった。そして、シーザーはベロニカを奪還すると、その軍隊を引き上げ始めた。追い散らされた国王軍は統率が取れず、シーザー軍が退散するのをみすみす見逃した。国王は腹が煮えくり返るのを抑えることが出来なかった。しかし、自分の力ではどうすることも出来ず、歯ぎしりするばかりであった。

一方、シーザー軍に奪還されたベロニカは命拾いしたと喜んだ。シーザーがその身を助けに来るとは夢々思っていなかったからだ。

「シーザー、どういうことなの。」

「ベロニカ、君の命が助かって良かったよ。君が国王の暗殺未遂で捕われ、処刑が一週間後と聞いて、大急ぎで反乱軍の準備をしたというわけさ。」

「そうだったの。私はもうモロイのことなんか、その頭から離れているものと思っていたわ。」

「君を残して、モロイを忘れることなんて出来ないよ。」

「これから、どうするの。追っ手が来たら捕えられるわ。」

「追っ手が来る前に、軍隊を立て直してモロイに攻め入る。こっちには最新兵器のベロニカがついているんだ。大丈夫。」

「そんなにすごいのベロニカは。」

「そうさ。モロイなど相手ではない。戦士や武器も調達した。軍隊でもモロイの軍隊には負けない。明日にでも出撃だ。」

シーザーは鼻息荒く、そうぶち上げると、ベロニカの肩を抱き、キスをした。ようやく、手中に収めるべき物を一つ手にした喜びで、顔を紅潮させていた。次はモロイと心に決め、明日の決戦の時を待っていた。

ノラは焦っていた。ライルの眠るキーンズ目指して旅を始めたのは良いが、途中の町々でモロイにシーザーが攻め入り、内乱が起きているとの情報が伝わり、ゾラの身を案じていた。いっそ引き返そうかとも思ったが、ゾラの予言通りキーンズに向かった方が良いと考えた。キーンズに行けばライルに会えるとゾラが予言したのだ。そこで自分の心の整理をしてから、ゾラの力になりたいと思った。だから今は初心貫徹でキーンズに早く行って、心の整理をつけねばならないと思っていた。だが町々の情報によると、攻防は一進一退でドロ沼化しているとのことだった。心が痛んだが、目的を果たさずして戻るわけにはいかない。痛む心に鞭打ってノラは旅を続けた。

キーンズに順調に着いたノラは、まずライルの墓へ向かった。建ち並ぶ墓石の数々に目もくれず、真っしぐらにライルの墓へ向かった。ライルの墓は花が萎れ、土埃にまみれていた。ふと、目を凝らすと隣から小さな実が成っている植物が生えていた。こんな所に植物が成るなんておかしいとノラは思った。人が埋葬される土地は、一番やせている土地が慣例だったからだ。しかし、ノラはその実を手にし、何気に口の中に放り込んだ。その実は甘く酸っぱい味がした。すると、突然ノラの中で何かが沸き出てくるかのように、体中が火照り出し、活力が漲ってくるのが分かった。何故だろう。ノラは思った。一体どうしたというのだ。この活力は何なのだろう。ノラは居ても立ってもいられず、体を動かしたくなった。ライルの墓石にその拳を打ちつけた。墓石は見る形もなく粉々に吹っ飛んだ。

一瞬、ノラは意味が呑み込めなかった。だが、すぐに自分は生まれ変わったのだと自覚した。

それと共に頭が冴え渡るのを感じた。サラに会いたい。サラがモロイの内乱を鎮めてくれる。ノラはそう直感した。ここに居てはいけない。ライルの復活はまだ先だ。ライルは死して、そして復活する。ノラはそう予感した。ラバルを探さなければ。そして、サラに会い、モロイの内乱を終わらせなければいけない。ゾラを救うのだ。

ノラは地団駄を踏んだ。時が流れるのが遅く感じ、自分の動き一つ一つが鈍く思われたからだ。自分の力は余りにもちっぽけで小さく、非力なものに感じられた。ノラは強大な力が欲しいと心の底から望んだ。


ヤンは小躍りした。なぜかというと、モロイが内乱に陥ったという情報を聞いたからだった。ラバルから逃げ、空をさ迷っている状態のアーリンだったが、ヤンには一筋の希望を見出した感があった。早くアーリンを自分のものとしなければならない。そして、一刻も早くモロイに行き、その行く末を見極め勝者になるのだ。自分もモロイの内乱に乗じてその国の王となれるかも知れない、とヤンは心の奥底でほくそ笑んでいた。こうなったらスンの言いつけ通り、ラバルを探してパンの仇討ちを行い、名実共にアーリンの最高権力者に早く成らなければいけないと、ヤンは思った。

「全軍、これからパンの仇討ちに出かける。ラバルは皆殺しだ。この前の轍は二度と踏まない。今度こそ勝利をもぎ取ろうではないか。行くぞ。」

アーリンはラバル探しに出発した。前回ラバルに屈辱的な負けを喫してから、その士気は弱まるばかりだった。ラバルは強い、というのがアーリンの皆の率直な感想だった。それだけに、ヤンが一人気を吐いても士気は一向に上がらなかった。まして、モロイの内乱に首を突っ込もうなど、誰も予想だにしなかった。

そんな中、突然ラバルの要塞船が見えてきた。ヤンは勝負の時が来たと思った。これを逃したら世界の王になるのは、またまた遠くなると思った。今がチャンスなのだ。世の中が乱れている時にこそ、芽吹くチャンスがあるのだと思っていた。しかし、それとは逆にアーリンの皆は縮み上がっていた。ラバルがそれ以前にも増して、強大化していたからだ。他の種族をいくつ滅ぼして、その軍備・人員を強大にしたのかと思うと、今のアーリンではラバルに比べて劣ると誰もが思った。

「皆の者。ラバルが目前にいる。パンの仇討ちを今度こそ決行する。いいか、ラバルは皆殺しだ。行くぞ。」

ヤンは一人豪語した。その戦いで負ける気がしていない人間はアーリンの中で、ヤン一人だけだった。だが、ヤンはラバルとの戦いの延長線上にモロイの内乱に乗じて、勝つことを夢に見て全軍を鼓舞した。

最初、ラバルはアーリンの奇襲を受けた形となり苦戦した。しかし、地力で勝るラバルはアーリンの力を撥ね返し、すぐに力で圧倒した。ヤンは苦戦を尻目に戦闘中もますます夢を膨らませ、完全に平常心を失っていた。一人逃げ、また一人逃げ、アーリンは滅ぼされた。

ヤンは捕まり、捕虜となった。


「サラ様。アーリンの長を名乗る、元ヤーバンの長ヤンを引っ捕えました。」

「何。ヤンを捕えたのか。」

「はい。確かにヤンです。」

「ライルはヤーバンに殺されたのだ。その御敵長《おんてきおさ》のヤンが生きていたとは。」

「いかが致しましょう。処刑しますか。」

「全くその通り。処刑に決まっている。」
「では、明日にでも。」
「分かった。」

ノラはさ迷っていた。どこに行けばサラに会えるのだろう。早くモロイの内乱を終わらせねばと思っていた。サラに会う手立てはノラの予言など全く当てにならず、頭も冴えなかった。どうしたというのだ。それまでの予言は百発百中で当たっていたのに。こんな時に限って、予感すら感じないくらいに鈍重になっているとは。ノラは焦った。

しかし、その焦りはラバルとアーリンの戦いを見て一変した。急に力が漲り、何と戦いの真っ只中にその身を置き、髪を振り乱し、ジェットガンを打ちまくっているではないか。敵はバタバタと倒れ、その姿に恐れおののいて尻込みしている。一人奪闘するヤンの姿を見つけても、動じず冷静に敵を倒していく。今は小さいことよりも、モロイの内乱を助けることの方が、最優先にノラには思えた。その為にサラに会わなければ。その思いだけでノラはアーリンと戦った。そして、その戦闘能力は絶大だった。

戦いがその結末を迎えるとノラはラバルの要塞船に近づき、サラを捜した。しかし、ノラにはサラを捜し出せなかった。代わりに再びヤンの姿を目にした。ヤンは捕まえられ、捕虜となって一列にラバルの船の中へ消えていった。不吉な予感がノラの胸を過った。しかし、今はサラに会うことの方がノラにとっては大切だった。

ほどなく、ノラはサラの側近の見知った者を見つけ出すと、サラとの接見を頼んだ。その側近もノラを見てとると、心良く引き受けてくれた。これで、サラに会えるとノラの胸は高鳴った。

「ノラ様。再びお目にかかれるとは思ってもいませんでした。」

「サラこそ、大した実力だわ。こんな短期間に、ここまでラバルを大きくさせて。」

「別に私の実力じゃありません。前戦った時の相手が強大だっただけで、ラバルがその相手を吸収合併しただけのことです。」

「それにしても、さっきの戦いぶりはアーリンを圧倒していたわ。」

「ありがとうございます。そして、ノラ様、今度は何の目的がおありで、ラバルに来られたのですか。まさか、私に会う為だけに来られたわけではないでしょう。」

「サラに会いたくてやってきたのよ。サラも知っているでしょうが、今モロイは内乱の真最中よ。そのモロイの内乱を終わりにさせるのが、私とサラの役目だと予言したのよ。」

「モロイの内乱は私の耳にも既に入ってきています。でも、まさか私がそのモロイの内乱を終わらせる役目を担っているなんて、考えも及びません。本当なのですか。」

「ええ。本当よ。大いなる予言者ゾラ様が仰しゃったわ。モロイの内乱を終わらせるのはノラしかいないと。そのノラが予言したのよ、モロイの内乱を終わらせるのはノラとサラだと。信じて頂戴。」

「ノラ様の予言は私も信じます。でも、モロイの内乱をどうやって、私が終わりにさせれば良いのですか。ラバルがモロイを相手に勝つ勝算など露ほどもないし、そんな強大な国の内乱など、ラバルが出ていって収まるはずもありません。ノラ様はこの点に関してはいかがお考えですか。」

「モロイは内乱の真っ最中なのよ。長引けば長引くほど、両者共に弱っていくわ。そこが狙い目よ。戦いが長引けば人の心も次第に離れていくわ。だから、付け入るチャンスがラバルにもあると思うの。」

「それは分かります。でもラバルごときが、モロイの内乱を終わらせるとなると。」

「サラ。弱気になっては駄目よ。私を信じなさい。私は予言者よ。大いなる予言者ゾラと私の予言が一直線上にあるの。こんな心強いことないでしょう。」

「はい。確かに。」

「だったら、私を信じて。」

「はい、分かりました。とにかく、モロイに行ってみましょう。そうすれば、何か良い答えが見つかるでしょう。」

「ありがとう。サラ。私を信じてくれて。」

　二人は固い握手を交わすと椅子に腰を下ろした。ノラはそれまでの緊張感が解け、一気に解放感に浸っていた。サラは今後の一大事業を成し遂げねばならないという思いから、ノラとは対照的に顔を紅潮させ意気揚々としていた。

　そんな中、ラバルの司令長官が部屋に入ってきた。司令長官がサラに会うのは、アーリンとの戦いが終えてから二度目だった。一度目はヤンの処断のことであった。今回はノラがアーリンとの戦いに参戦して、多大な功績があったことを、サラに報告する為であった。

「サラ様。今度の戦いで何とそちらにおられるノラ様が、戦士として活躍したことをご報告申し上げます。」

「えっ。ノラ様がアーリンと戦ったっていうの。」

「そうです。そして、何と十人馬力で戦いになり、次々と敵を倒したそうです。」

「何と言うことか。ノラ様は予言者だとばかり思っていたのが、戦士にも成るなんて。」

「私にも考えられないほど不思議なパワーが漲って、あり余る力をどう使って良いか分からず、唯闇雲に振り回していただけなのよ。」

「それにしても、周りで見ていた者の話によれば、アーリンをばったばったと薙ぎ倒して、それを見たアーリンは逃げ出す者、多数いたと聞き及んでいます。」

「そんな表現されると恥ずかしいわ。ライルの復活を信じてその墓石に立ち、そこに生い茂っている実を食べてからなの。自分でもコントロール出来ないのよ。」

「ノラ様はまだライルの復活を信じていらっしゃるのですか。」

「そうよ。大いなる予言者ゾラ様の言葉に嘘はないはずよ。この世の全ての人が信じなくとも、私一人は絶対にライルの復活を信じているの。」

「そうですか。私はとうに諦めています。」

「そう。」

ノラは残念そうにうなずいた。サラが信じなくとも自分の信念を曲げることはないが、サラにも信じていて欲しかった。だが、結局無理強いは出来ないのはノラにも分かっていた。

サラは明日の午後一番で出発する予定を決めると、ノラやその他の者達に号令した。サラは未だ半信半疑であったが、命の恩人ノラの言葉に反対することはためらいがあった。そして、ノラの予言の正確性も十分知っていた。だから、モロイへの出発の決定を下し、ノラの予言に従うこととした。

「ヤンの処刑はノラ様に知らせない方が良い。」

そう司令長官にサラは耳打ちすると、自室に閉じ込もり、モロイへ思いを馳せていた。

「シーザー。いつになったらモロイは降伏するの。」

「ベロニカ、もうちょっとだよ。もう少し我慢してくれ。」

「もう限界よ。これ以上戦いに明け暮れるなんて耐えられないわ。早く最新兵器のベロニカを使えばいいじゃない。そうすれば戦いにケリがつくわ。」

「そうはいっても、ベロニカを使うのには慎重にならなければならないんだ。」

「どうしてなの。最初の約束と話が違い過ぎるわ。」

「だから我慢してくれと頼んでいるじゃないか。私も頑張っているのだから。」

「あなたの頑張っているのなんかどうでも良いのよ。私が言いたいのは早く最新兵器のべロニカを使って、この戦いを終結させたいということよ。あなたが頑張っていることなんか聞いてないわ。」

「分かっているよ。でも、ベロニカは最新兵器であり、今考えられる兵器の中でも最終兵器なんだ。だから、やたらむやみに使うわけには行かないんだ。」

「だったら、この戦いは一体いつまで続くのよ。シーザー、あなた頭がおかしいんじゃないの。」

「だから頑張っているんじゃないか。ベロニカを使わなくとも戦士の数や武器だって、どれ一つとってもモロイに匹敵するくらい揃えたんだ。だから、普通に戦っても負けるはずがあるわけないだろう。」

「じゃあ、この苦戦は何なの。はっきり言ってドロ沼じゃないの。」

「苦しいのは相手も一緒だ。だから、もう少し待ってくれ。そうすれば次第に形勢を逆転して、勝利へと向かうはずだから。」

「シーザー、あなたという人は本当に役立たずね。」

ベロニカはそう捨て台詞を吐くと、部屋からシーザーを追い出した。シーザーは弁明するわけでもなく、一人寂しく立ち去った。その肩に落胆の色がありありと見てとれたが、ベロニカはそんなことにはおかまいなしだった。

そんな中、国王軍も動揺していた。最新兵器ベロニカがシーザー軍の手の中にあると思うと、やたらな攻撃は出来ないと苛立っていた。形勢はまだ国王軍に有利なように見えたが、内情はシーザー軍有利であった。頼みのゾラの予言でも最新兵器のベロニカが、シーザー軍にある以上は、勝利は覚束ないとのことだった。焦った国王はやたらと檄《げき》を飛ばして国王軍を発奮させようとするが、戦いの長期化で戦意は疲弊していった。


翌朝早く、陽が出るか出ないかのうちにヤンの処刑が行われることになった。

ヤンは平然としていた。いつもと変わることなく朝食を平らげ、欠伸をした。何も変わることなどなかった。死ぬこと以外は。

サラは最後の最後に来て迷っていた。ノラにヤンの処刑を告げるべきか否かを。命の恩人であり、尊敬するノラのかつての許嫁であるヤンを処刑する時に当たって、最後に会わせてやるのが自然であるとサラは考えた。

でも、ヤンはラバルの敵であったヤーバンの長であり、ライルの死には直接関与していないその時の指導者であり、今はアーリンの長としてラバルの憎しみを一身に背負って、死んでいってもらわなければならない人物であった。

ノラがヤンの命乞いでもしたら、サラにはそれを思い留めさせる知恵が働かなかった。ノラはあくまでも自分達の命の恩人であり、尊敬する対象だった。そのノラが涙を流し、地に平伏してヤンの命乞いなどしたら断る術をラバルは知らない。

やはり、サラは無用な混乱を避ける為、ノラはヤンの処刑に立ち会わせるまいと決心した。ノラは今はヤンのことよりも、ライルの復活に心の重きを置いているのだ。そして、モロイの危機を救うことに情熱を傾けている。それで良いとサラは思った。ヤンのことは既にノラの中では過去のことなのだと思うよう、自分を仕向けた。

処刑は数名の処刑人とサラ、司令長官だけの簡略化した処刑にすることとした。ヤンが外に連れ出されると、サラの胸に熱い物が込み上げてきた。この男の所為で全ての歯車が狂ったのかと思うと怒りが沸き起こって来た。

しかし、今はこの男は罪人なのだと頭を切り替えることで、心の平静を保つことが出来た。

サラはヤンに問いかけた。

「お前はラバルの敵だ。なぜ、ラバルを目の敵にした。ラバルが一体何をしたというのだ。」

「ラバルは私の敵の一つだった。それに過ぎない。」

「ラバルが敵の一つに過ぎないのなら、なぜ執拗に追いかけて来たのだ。」

「執拗になど追いかけていない。目の前にいたから戦っただけだ。」

「私はお前との戦いで愛する者を失った。そのことはどう思っているのだ。」

「戦いに犠牲はつきものだ。残念だった。」

「お前は地獄に落ちると良い。顔など見たくもない。」

「私もだ。」

「お前は今この場で処刑され、死ぬのだ。今、ラバルにはお前の許嫁であったノラ様がいる。ノラ様はラバルの守り神だ。」

「何。何とノラがここにいるのか。ノラは私の守り神だ。私は死なない。必ず、ノラが助けに来てくれる。私は世界の王になる為に生まれてきたのだ。そして、ノラが私を守ってくれている。こんな最高にして最強のペアがあるものか。私は必ず世界の王になるのだ。」

「ヤン、お前の根性が見えた。その世界の王になるという夢物語の為に、皆が犠牲になって来たのだ。ライルもそうだし、ラバルもそうだ。何という人間をノラ様は守ってきたのだ。この男の正体を知ったら、ノラ様は嘆き悲しむだろう。この場にお連れしなくて、本当に良かった。」

「ノラを連れてこい。そうすれば全てが上手くいく。」

「お前はこの場で死ぬのだ。」

「ノラが必ず助けにきてくれる。私は諦めない。最後までノラを信じ、世界の王になる夢は捨てない。」

「まだ言うか。司令長官、処刑の合図を。」

「はい。畏まりました。ヤン、お前の最後だ。私に言っとくことがあれば聞いてやる。何か言ってみろ。」

「私はヤーバン、そしてアーリンの長だ。私の味方になれば、その地位は一生保障してやる。私は世界の王になる身の上だ。寝返るなら今だぞ。」

「何を言っている。最後までふてぶてしい奴だ。処刑しろ。」

音のない静かな朝に、銃声が数発木霊した。その場に居合わせた一握りの人間達は各自、自分達の居場所に戻った。取り残された死骸だけが、一つポツンと横たわっていた。砂をかぶせられるわけでもなく、むき出しになった死骸だけが音もなく、辺りの光景を歪《いびつ》にしていた。

ゾラの予言を守る為にノラがモロイの元に、サラを従えてやってきた。ゾラは満足気にうなずき、国王は安堵した。これで駒が揃い、ゾラが予言した最終局面を迎えることとなった。

最後の決戦に挑むべく、国王、ゾラ、ノラ、サラ達は最終会議を開き、明日の戦略を練った。それは国王軍とノラに従えられたラバルが、シーザー軍を挟み打ちにする作戦だった。いつものように国王軍がシーザー軍を相手に戦う。そして、後方支援を送っているシーザー軍の要塞船を、ラバルが襲って混乱させる戦法だった。国王はラバルごときで大丈夫かと疑ったが、ゾラの進言により渋々納得した。作戦は決まり、いよいよその時を待つばかりであった。それぞれ互いの思いを胸に眠れぬ一夜を過ごした。

決戦の朝は来た。いつものように日は昇り、雲一つない好天に恵まれた。これで国王軍の勝利は固いとゾラは確信した。ノラも勝利の予感をその胸に秘め出発した。

シーザー軍はいつもと変わらず、戦意高揚もなければ戦意喪失するわけでもなく、淡々と戦いを挑んできた。そして、国王軍も最初は可もなく不可もなく戦っていた。一進一退の膠着状態になるのが常だった。今日もそんな一日になるのだろうとシーザーは思っていた。しかし、ラバルがシーザー軍の本拠地に反撃の狼煙を上げたのが分かると、一斉に戦いが始まった。いつもの調子で戦っていたシーザー軍はラバルの襲撃に驚き、国王軍の猛烈な反撃に二度驚いた。

これで戦意を喪失しシーザー軍の兵士は一人逃げ二人逃げ、次々と退散していった。退散しても戻る要塞船はなく、戦いを放棄してモロイから逃亡した。戦いは一挙に終わりを迎えた。雪崩のように国王軍がシーザー軍をけ散らし、ラバルがシーザー、ベロニカを捕らえてその幕を降ろした。

国王は城へ帰ると早速、戦いに功績のあった者達を呼び集めて、その労をねぎらった。その中にはもちろんノラやサラ、そしてゾラの姿もあった。

その中で、シーザーとベロニカの明日の処刑が発表された。銃殺刑だった。しかし、国王は見物はしないとのことだった。その代わりノラ達功績のあった者は全員出席が義務付けられた。

「ノラよ。お前は最新兵器ベロニカを破壊したそうだが、どうやって予言者のお前が破壊したのだ。」

「はい。私はラバルの元長ライルの墓石になっていた実を食べてから、自分でもわけが分からないくらい変わりました。その一環で力がつき、ベロニカも一撃で壊してしまいました。」

「何、あの怪物ベロニカを一撃で壊してしまうとは。大した力だ。ノラのことはゾラから聞いてはいたが、まさかゾラの予言通りノラが救世主になるとはな。分からないものだ。」

モロイの国王はそう言うと首を振りながら、疲れの所為か寝室へ引き上げていった。後に残された者達も各々自分の部屋に引き上げ、激戦の疲れを癒した。

翌朝、目覚めたノラは先ず第一にシーザーの運命に驚いていた。自分の予言通りに破滅へと向かい、今日まさにその死を目前にしていると感慨深いものがあった。思えば、ポリスで出会った時にその運命を予言した。今、その通りになってしまったシーザーは、最後に自分に何と言うのだろう。ノラは考えたが、言葉が見つからなかった。

そして、ノラや大勢の見物人のいる中処刑が行われた。

「ベロニカとシーザーの処刑を行う。ベロニカにシーザー、最後に言うことはないか。」

「私は別にありません。」

「では、シーザー、お前はどうだ。」

「私はそこに座っている予言者ノラに聞きたい。私の運命はノラの予言通りだったのかと。」

「よろしい。ノラ様、最後に答えてあげてくれませんか。」

「はい。シーザーよ。お前の運命は私の予言通りだった。」

「これで良いか、シーザー。」

「何が予言通りよ。予言か何か当たるはずないでしょう。その女は大嘘つきよ。」

「黙れ。ベロニカ。お前は自分を何様だと思っているんだ。国の秩序を乱した咎人なのだぞ。身分を弁えろ。」

「何が国の秩序を乱した咎人よ。私はこのモロイの女王陛下よ。これは何かの陰謀よ。」

「黙れ。黙れ。処刑を行う。鉄砲隊構え。撃て。」

それっきり、何の音もしなくなり辺りは妙に静まり返った。ノラは不思議な気持ちで一杯になった。小さい頃から何度も見てきた処刑現場だが、それまで運命を共有してきた人間が、その運命を終えて死んでいく様が、とても計り知れないもののように感じられた。

しかし、ノラはそんな感傷に浸っているわけにはいかない気分に襲われた。そう、ライルの復活である。モロイの内乱という一つの障害をクリアーして、残るは最終的な望みであるライルの復活を、ゾラに指南してもらわねば困ると思った。ノラはゾラの元に詰め寄ると、言葉を矢継ぎ早に発した。

「ゾラ様。モロイの内乱は終わりました。」

「ノラか。ゆっくり話をする暇もなかったな。」

「どうか、ライルの復活のことを教えて下さい。」

「まあまあ、そんなに年寄りをせかすものではない。」

「ライルの眠る地で小さな実を食べました。そうしたら、自分でもわけが分からないくらいの物凄い力が体に宿って、どうしたら良いのでしょう。」

「そうか、伝説の実セレンの実を食べたか。では、ライルの復活の前にもう一働きしてもらわねばなるまいな。」

「もう一働きとは。どうすれば良いのですか。ライルの復活は本当にあるのですか。」

「ノラよ。全て私を信じなさい。私を信じれば必ずライルの復活につながる。」

「ゾラ様。ちょっと、私、気持ちが悪く。」

「うむ。早速来たか。誰か、私の部屋へ産婆を呼んでくれ。ノラが産気付いた。」

そうゾラは大声で叫ぶかたわらで、破水したノラがするりと赤ん坊を一人産んでいた。

赤ん坊は元気よく泣きまくり、それを本能で抱き上げるノラがいた。ゾラはその光景を一部始終見て一瞬驚いたが、自分の見た夢にあまりにそっくりなので納得した。あれは正夢だったのだ。私の予言通りにノラが出産した。この子こそモロイの後継者である、とゾラは確信した。

　ゾラは事情をノラにそして次にモロイ国王に話をすると、赤ん坊をモロイの国王に授けノラを従えてトッコの地へ引き返した。ノラは何が何だか分からないが、とにかくゾラに従った。

「ノラよ。子供のことだが、あの子はモロイの国王に授けよ。そうすればライルの復活もある。」

「はい。ゾラ様がそう仰っしゃるなら、私はライルの復活にかけます。子供のことは自分のことながら、理由が分かりません。」

「そうだな、私の正夢と言われても納得いかないだろう。では、明日の朝、私は予言する。ライルの復活をだ。では今日はゆっくり休むが良い。ノラよ。」

　ゾラはそう言い終えるとその身振りでノラに寝るよう促した。しかし、ノラは興奮して眠れない様子であった。やっとライルに会えると思うと、眠れないのも無理はなかった。

　そんな時に、サラが一人ノラを追いかけてトッコの地に着いた。サラもノラやゾラの行動が腑に落ちず、ノラの身を案じて一人追いかけてきたのであった。

「ノラ様。お体の方は大丈夫ですか。赤ん坊をお産みになったそうですが。」

「おお、サラ。よく来てくれた。ライルの復活の予言が、明日行われるのよ。」

「そうですか。でも、私はもうとうの昔にライルのことは締めています。」

「そうだったわね。でも私は信じているわ。」

「死人が生き返るなんて話は古今東西聞いたことがありません。」

「でも良いの、私は。何でも良いじゃない。ライルに会えるなら。」

「ノラ様。これからどうなさるのです。」

「これから。」

「そうです。モロイの国王の生母としてモロイに残られるのですか。それとも予言者として、ゾラ様とトッコの地に住まれるのですか。差し支えなければラバルと一緒に、旅しても私達は一向に構いませんが。」

「私はライルと共に生きるわ。」

サラはノラの狂信ぶりを見て、もう自分が何を言っても無駄だと悟り、ノラに別れを告げて、翌朝モロイを出発すると宣言した。そして、その晩は二人でライルの思い出話や、モロイの内乱の手柄話などを話し合った。

「ノラ様。これでお別れです。でも寂しくなったらいつでもラバルに来て下さい。歓迎します。」

サラはそう言い残すと、トッコの地を去った。ライルの復活にはほとんど興味がない様子だった。

サラはモロイへの帰路、ライルのことを考えた。自分はライルを本当に愛していたのか。ノラと自分の比較を考えると、自ずとその答えは出た。自分にはやらなければならないことがある。ラバルの皆を守っていかなければならない。安住の地はないのだ。旅を続け、戦いを続けねば生きる価値がない。そう思った。

モロイへの足が急に早まり、涙がサラの顔を流れ落ちていった。どうして、自分が泣くのかも見当がつかなかった。この熱いものは何なのか。サラはそう自問した。答えは出なかった。

モロイへ着くと、ラバルの皆が待ち兼ねたように出迎えてくれた。そして、その中にモロイの国王もいた。

「サラ、よく帰ってきてくれた。」

「国王にそう言って頂けるとありがたいですね。」

「サラ、改めて君をモロイは歓迎する。そして、この地にラバルの皆と留まり、君は将軍としてモロイの国を守って欲しいのだ。」

「まあ、何と突然に。」

「少し唐突だったが、モロイにはサラのように冷静で、決断力のある人間が必要なのだ。」

「私のような者が、モロイの将軍になるなんて。」

「モロイは諸手を上げて歓迎する。サラの活躍はもう証明済みだ。ぜひともモロイにサラ将軍が必要なのだ。」

「分かりました。お引き受けしましょう。」

サラがそう言うと、周りにいたラバルの皆が拍手喝采をした。皆がモロイに残りたいというOKの合図だった。サラ以上にラバルの皆が喜んでいる。サラは安堵した。ラバルの総意の元にモロイに残るのだ。これ以上の喜びはサラにはなかった。

サラは皆の歓喜の中、その長らしく最後の発言をした。

「皆、聞いて頂戴。モロイの国王のお申し出により、ラバルはモロイの国民となります。旅をしながら戦い続ける日々ともこれからはおさらばよ。」

もう一度皆が一斉に割れんばかりの拍手をした。肩を叩き合い、涙を流す者までいた。

サラもその中の一人だった。皆の喜ぶ姿に熱いものが込み上げてきた。そして、その責任感から解き放たれた解放感が全身を包み込んだ。だが、泣いてばかりもいられないとも思った。これからはラバルという一種族ではなく、モロイという更に大きなものを守っていかねばならないと思った瞬間から、サラの孤独は始まっていた。


「ノラよ。ライルの復活について予言する。心して聞けよ。」

「はい。ゾラ様。」

「ライルは棺の中で、その口を吸えば復活する。そして、セレンの実を食べたそなたの力は、それと共に消滅するのじゃ。」

「ゾラ様。ありがとうございます。私は復活したライルと共に生きます。そして、必ずやゾラ様のご厚意に報いることもあるでしょう。その時を楽しみに、しばしのお別れです。」

「うむ。分かった。しばしのお別れじゃ。」

二人は熱い握手を交わすと抱き合い、お互いの無事と健康を称え合った。話も尽きず、いつ別れて良いのか分からないほどだった。だが、ゾラの方から切りのない話を打ち切り、ノラをライルの眠るキーンズの地へと旅立たせた。その決心が少しも鈍ることのないように。

ノラは一路キーンズを目指した。当て所もなくさ迷っていた旅路ではなく、全てが終わり、はっきりとライルの復活を信じられる旅だった。何も恐いものや、不安感は拭われていた。希望と喜びに満ちた勇気だけが頼りだった。

キーンズの地に着いたノラは愛しいライルの墓を探した。やっと見つけたライルの墓石の前にはもう既にセレンの実はなく、渇いた土だけが盛り上がっていた。ノラは考えた。どうすればライルの口が吸えるのか。

そして、次の瞬間、化物に変身している自分に気が付いた。墓石を手で壊し、一心に全身で土を掘り起こしているノラの姿があった。ノラは何も考えていなかった。体が勝手に沸き上がる力と共に動いていた。自分でも信じられなかった。

そして、少しばかり時間がたつとすぐにライルの棺を見つけた。胸が高鳴った。やっとの思いでゴールしたマラソン選手のように、ノラはその場に立ちすくんだ。全身の力が抜け、胸の鼓動だけがやけに早く打った。

「ライル。」

そう呼ぶとノラは棺をこじ開け、愛しい愛しいライルにキスをした。

何も変化はなかった。

ノラは絶望してその場に失神してしまった。あれほど、尊敬し、作用したゾラの予言に嘘が入っていたのかと思うと、ライルに出会ってから今日までの苦労が、何だったのかと報われない気持ちで一杯になってしまった。

何度となく陽が昇り、月の出を繰り返しただろう。

ノラはようやくその触れている暖かさに気がつき、目が覚めた。何という心地良い暖かさだろう。このままずっと夢見ていたい。この揺りかごにずっと横たわっていたい。そんな気持ちだった。

よく見るとノラはライルの上に寝ていた。暖かさはライルから伝わってきたものだった。どうしてライルが暖かいのか、ノラにも最初分からなかった。だが、やがてノラの頭の中にピンとくるものがあった。

ノラは絶叫した。試しにライルの口元に手を当ててみた。ちゃんと息をしている。紫色に腐っていた死体も、ピンク色に変化しているではないか。ライルは蘇ったのだ。だのに、なぜ起きないのか。なぜ眠ったままなのか。ノラには分からなかった。そして、ノラは狂った人間のようにライルの頬にピシャリ、ピシャリと両手を打った。

ライルがゆっくりとそのまぶたを開けた。

「ライル、私よ。ノラよ。起きて。起きて頂戴。」

ライルはふとノラを見つめると、分かったとでもいうようにうなずき、起き上がった。そして、ノラをもう一度見つめ直し、抱擁した。

「ノラというのか、あなたは。」

「そう。私がノラよ。愛しいライル。」

「愛しいライル。ノラも私を愛しく思っていてくれたのですね。」

「そして、あなたも。」

二人は改めてキス交わした。そして、二人とも全身全霊の力を込めて抱き合った。いくら抱き合い、口づけを交わしたところで、二人の愛情が尽きることなどなかった。より一層燃え上がり、もっともっと求め合った。

「一体、私はどうしたというのだ。」

「ライル、あなたは今まで私が旅している間ずっと、眠っていたのよ。私を一人にして。」

「そうだったのか。ノラを一人にして私は眠っていたのか。ならば、私は今後どうすれば良い。」

「もちろん、私の側にいてもらうわ。二人で世界中を旅して暮らしましょう。」

「分かった。ノラの望む願いなら叶えないわけにはいかない。私もノラと共に旅をしよう。」

「どこが良いかしら。」

「戦いのない、平和で幸せな暮らしなら、何なりと。」

「二人が一緒にいれば幸せよ。さしあたり、この世の楽園ロンプーへ行きましょう。そして、二人で出会ってから今までのこと、二人の未来のことを話すのよ。」

人生の行く先は果たして、閉じているのか、
開いているのか、誰にも分からない。

by
風野又三郎

著者プロフィール

風野又三郎（かぜの　またさぶろう）

東京生まれ。

千葉大学文学部卒業。

オリエント戦記

2003年12月15日　初版第1刷発行

著　者　風野又三郎

発行者　瓜谷 綱延

発行所　株式会社文芸社

〒160-0022　東京都新宿区新宿1－10－1

電話　03-5369-3060（編集）

03-5369-2299（販売）

印刷所　東洋経済印刷株式会社

ISBN4-8355-6749-8 C0093